🐾

很高兴遇见你，
小猫比利

[英]露易丝·布斯／著

马博／译

浙江文艺出版社
Zhejiang Literature & Art Publishing House

献给克里斯——我的起点，我的终点，我的全部
献给小弗和皮帕——我的两颗小星星

我知道世上一定有人和五年前的我一样，也经历着我生下小弗时感到的惨痛、绝望和孤独。这本书正是为那些人而写。我想让他们看到，看起来漫长而黑暗的隧道尽头，总有着希望。你会走到那里的，我保证。

C目录
Contents

来躺在床下或是直接躺在小弗身边，以它的存在安抚小弗。

第1章　比利和小熊

　　2011年一个明亮的夏日傍晚，我们沿着迪河①岸边驱车而行，苏格兰高地展现出明信片一般的绝佳景色。放眼望去，洛赫纳加山——这一带最高的山——正沐浴在美丽的金色余晖中，而我们的下方，太阳正翩然落山，在河水的阴影上洒下炫目的色彩。

　　我们不时遇到垂钓者，他们在没过膝盖的水中，抛出钓线，耐心地寻找着当季的海鳟和鲑鱼。当时的我没有意识到，但现在回想起来，我发现某种意义上，我自己也在进行一场捕捞的征途。那句话怎么说来着？舍不得鱼饵，钓不到大鱼。

---

① 流经苏格兰阿伯丁的河流。

我的丈夫克里斯握着方向盘，两个孩子在后座。我们的女儿皮帕刚满六个月，在儿童座椅中熟睡。而我们放心不下的，一如往常是我们三岁的儿子小弗。他安静地坐着，话很少，专注地看着两张他自己带来的照片。我们不确定他那晚会表现如何。那时的小弗，我们总是无法确定的。

　　不到两年前，在2009年8月，仅有十八个月大的他被诊断患有自闭症。和很多有自闭症的男孩一样，他很难与人交流，常常陷在自己的世界里。他会为了往往看上去再小不过的事表现出极度的情绪崩溃。除此之外，他还遭受着肌张力减退，这是一种罕见病，让他的关节变得松软无力。用手抓东西这样简单的动作对他而言都很困难。站立对他也是一个挑战，更不要提走路了。事实上，他近一年来才较能行动，主要是靠他在小腿和脚踝上穿戴的夹板。

　　过去的一年半，小弗一直接受着一个专家小分队的治疗，其中有一位语言治疗师和一位行为治疗师。我们被明确告知他永远不可能上正常的学校，尽管如此，我们还是找到了一家小型的私立托儿所让他可以一周去两次。这让我极为宽慰。然而不太好的消息是他的情绪和行为仍然很不稳定，这使我们的生活无法一帆风顺。

　　小弗是个可爱、贴心的小男孩，他的个性能融化每个见到他的人的心。可要说我们在一起的生活轻松如意，就是说谎了。我们经历过很多困难和极端的挑战。我们对可能发生的事和我们该做的事总是不太有把握，尤其像今天这样改变他日常行程的时候。我们只能跟随直觉，因此我和克里斯沿着迪河驶往阿博因小镇，去跟当地的慈善机构——猫咪保护协会——的组织者见面。

我从小就热爱动物。小时候的我常和动物玩在一起：兔子、狗、猫、马——什么都行。那天晚上，我嫉妒地注视着迪河岸边一家豪宅的院子，我知道人们可以在那里骑马。我年轻的时候酷爱骑马，而现在，成了一个全职母亲的我对此极为怀念。

我们家里那时唯一的宠物是一只猫，一只叫作托比的上了年纪的灰色胖猫，我们在小弗和皮帕出生之前就养了这只猫，已经十多年了。正是亲爱的老托比给了我今晚驶向未知的灵感。

托比活脱是一件家具。它在家里四处趴着，整天多数时刻无精打采，专注于生活中的两大爱好：吃和睡。

小弗早期对周围的事物或是托比没什么兴趣，他把精力都放在有轮子或者会转的东西上面。他可以用几小时的时间盯着转动的洗衣机，玩弄老旧的DVD机，旋转倒置的婴儿车的轮子或玩具车的轮子，除此之外很少有事情能吸引他。然而最近，我发现他对托比着了迷。他在托比打盹儿时躺在他身边，头躺在地毯上，比画着四肢试着和托比交流。

托比没有表示出同样的兴趣。开始的一阵子他忍受着自己的领地被入侵，但他慢慢变得越来越有防备心，尤其当小弗不高兴的时候。有几次，小弗因为家里的常规稍有变化而开始大喊大叫，托比闻声便跑上楼躲起来。从那以后它对小弗明显感到害怕，和它保持相当的距离。现在，它有时看到小弗靠近便仓皇逃走。

我对此并不十分惊讶。我知道托比并不适合当小孩子的玩物，但小弗的表现让我陷入思考。

作为一个自闭症儿童的母亲，我知道我需要抓住出现在面前的任何机会。尤其在我们住的地方，机会是极少又可遇不可求的。这是一个偏僻的小房子，归属于女王在苏格兰的住宅——巴尔莫勒尔庄园，这是克里斯的工作单位。我们没有邻居，而且很长一段时间内我们没有参加任何幼儿小组之类的活动，因为小弗无法适应那样的环境。他的社交障碍于我而言一直是个麻烦，于是看到他和托比一起玩让我不禁设想养宠物会不会给他一些积极影响。互动总是好的，即使只是和猫，不是和人。

"我想他可能会想要个小伙伴，这可能会让他敞开自己一点，"一天晚饭时我对克里斯说，"我们为什么不给他找只小猫，让他们建立关系呢？"

我们已经在小弗身上试过很多办法了，而克里斯又是一个理智而冷静的人，因此他立刻看出其中的问题。

"你确定吗？"他说，"这只猫不会像托比一样被小弗吓到吗?"

"还能坏到哪去呢?"我回答道,"我们可以从慈善机构或者救助中心领养一只,说清情况,如果行不通的话他们大概会把猫接回去的。"

"大概吧。"克里斯说,但我看得出他没有被我说服。

第二天我给猫咪保护协会发了邮件,他们的主页显示这个机构曾经叫作猫咪保护联盟。我写到小弗有自闭症和肌肉问题,所以他无法出门,我们正在给他找一个"特别"的动物朋友。这是我的原话,一个"特别"的朋友。我不知道这种生物该用什么更好的词来描述。

一开始我们没有收到回信。我不禁想,他们是不是认为我是个疯子,想给自己"特别"的孩子找个"特别的朋友"。结果发现只是信发到了错误的部门。一天早上我接到电话,建议我联系猫咪保护协会的迪赛德分会,巧合的是,这一分会在六个月前刚刚开业。

于是我发去邮件,很快联系到了一位叫丽兹的负责人,她家距我们只有二十分钟车程,在阿博因小镇附近。

我立刻确定,她明白我在找什么。

"我这里有几只可能适合的猫。但我预感我知道你会选哪一只,"她说,"我给你发照片和相关细节。"

我几乎是立刻收到了邮件,里面附有一张照片,上面有两只一模一样的猫。两只都是深灰色的,有点东方的感觉,脸上和肚子上有白色斑纹。它们看起来又小又瘦，几乎是皮包骨，丽兹附上的说明解释了这一情况。

她写道，它们是在附近村子的一家简易住宅里发现的。住户为了躲避租金逃走了，于是当地政府准备用木板封住房子，然而一家邻居告知工人屋子里面住着猫。谢天谢地，邻居来提醒，工人破门而入，发现了四只虚弱的小猫，靠屋子里的剩饭活着。如果屋子被封住，它们就会死在里面。

猫咪保护协会被叫来，带走了四只猫。其中一只大体形的黑色公猫很快找到了新家，但另外一只和这一对叫作小熊和比利的双胞胎却很难找到地方。

只看照片的话，我完全不懂丽兹为什么能够这样确信这其中一只猫就是我们要的，但我准备相信她，试一试。我问她能不能约时间让小弗跟比利和小熊见一面，她提议在一周后，好让我们去阿博因。

我过去有过教训，小弗不喜欢他的生活常规遭到突如其来的改变，所以我得为这次见面做好铺垫，尤其是家里要添一名成员。

一天早饭时，我迈出了第一步。

"小弗，你想不想要有自己的猫可以和你玩？"我问。

他热情地看着我，然后点了点头。

"想要，妈咪。"他说。

有的时候让小弗说出一个字都很难，所以说出四个字可是一项成就。这鼓励着我继续推进计划。

因为他不具备足够的理解能力，我们养成了打印照片来帮助小弗理解的习惯。我立刻印了几张火柴盒大小的小熊和比利的照片，好让小弗看看他将来的朋友，并试着在其中选一个。

再一次，他的反应鼓励了我。他每天晚上带着这些照片睡觉，把它们放在床头柜边上。他会花上几个小时研究这些照片。天知道当他躺在那盯着这些长得一样的小猫的照片时头脑中有怎样的想法。

我认为这两只猫一模一样，但有趣的是，小弗却能够立刻辨别这两只猫的不同。在我看来，它们长得太像了，我必须得在照片背面写上它们的名字才分得清。但小弗知道哪只是哪只，不停地向我们说明"这只是比利，这只是小熊"。自闭症真是件复杂的怪事，小弗走都走不好，说话也不清楚，却能分清这两只一个模子里刻出来的猫。

扫清了第一个障碍后，我开始为小弗准备我们的第一次阿博因之旅。

这又是一个挑战，因为我们从未进入过陌生人的家里。小弗在陌生的环境中会变得非常焦虑，往往会恐惧症发作。即使他在新环境里感到开心，他也总会把注意力都集中在一件事上，并带来麻烦。所以我们从他是婴儿起就尽量避免带他去见陌生人。我们只敢带他去见他的祖父母：克里斯的母亲和她的伴侣，两人住在苏格兰东北海岸；我的父母住在埃塞克斯。

准备了一周后，我基本确定小弗已经清楚我们要做什么了：我们要去见这两只猫，如果我们看中的话，其中一只就要回来和我们住在一起。为了避免崩溃的可能，我们告诉小弗，我们会在周五下午出发。克里斯周五下班一般都很早，有时他午饭时间就回家了。我们想让小弗准备好迎来某个下午常规生活中的变化。

周五那天，我们比预想的晚了点出发。我们在附近的巴勒特镇穿过迪河，向东开往阿博因时，太阳已经开始落山了。

坐在车里的我大脑飞速运转——这种情况并不少见。有的时候我怀疑自己是否是全世界最神经质的母亲。但事情的真相是，作为一个自闭症儿童的家长，我总有值得焦虑的事情。今晚要担心的事项的清单写出来大概和迪河一样长。如果他不喜欢丽兹甚至怕她怎么办？要是他不喜欢她家的样子怎么办？要是屋子里有噪音惹恼了他怎么办？要是他不喜欢那两只猫怎么办？我不知道猫有没有被关起来。他看到在围栏里面的猫会有何表现呢？在他的思维里，猫就应该像托比一样，可以随心所欲地四处散步。他对于被关起来的猫会作何感想呢？要是他决定不想看了，甚至车都不要坐怎么办？这是完全可能发生的。我们曾不止一次开车出去，结果小弗挥着胳膊大叫"不要，不要，不要"，而我们只得被迫掉头回家。这种情况会再次发生吗？太多的担心在我脑中争夺着一席之地。谢天谢地，辉煌的高地美景分散了我的注意力。

🐾

当我们到达丽兹家时，太阳的余晖已经落入山后。克里斯把车停下时，小弗在座位上前倾身体，伸长脖子查看四周。

"这就是猫咪住的地方吗，妈咪？"他说。

我看着克里斯，一切尽在不言中，这算是我们听到小弗口中说出的最长、最完整的句子了。

"是呀，小弗。"我向他确认。

克里斯把车开进停车位时，我转过身查看皮帕。她在很多方面都与小弗极端相反。和她哥哥出门总是个挑战，而和她出门却十分轻松，今晚也是如此。她仍在座椅上幸福地睡着；我们决定把她留在车上，因为我和克里斯认为这次见面会很短。我们把车停在了房子旁边，所以她没有离开我们的视线。

我们刚把小弗弄下车，就看到丽兹站在门口挥手。我在之前已经和她有一周的邮件往来，很显然她已经完全准备好了，因为她立刻为小弗准备出一条近道。

"你好，你就是小弗吧，你愿不愿意来看看猫咪们？"

她说。

我一刹那屏住了呼吸。通常情况下，小弗不会和没见过的人说话。他可能会感到不舒服或者焦虑，那样的话他就会不看别人的眼睛，做出一些举动，好把自己从被入侵的感觉中抽离。然而，今天这些没有发生。

"愿意的，谢谢。"他说，直接看着丽兹的眼睛。

毫无疑问，他被吸引了。他没有躲躲闪闪，也没有神情漠然。这样一来，我不像先前那样，怕小弗会发现某个洗衣机或烤面包机，对其全神贯注而忘记猫咪的事情了。然而，我仍担心他看到猫被关在围栏里会有何反应。这样的小事，百分之九十九的孩子都不会在意，但小弗不属于这百分之九十九。

我的担心转瞬即逝。丽兹带着我们走向两个铁丝网编成的大围栏。一个栏子空着，另一个里面是那两只看起来正是图片上的猫。小熊和比利。他们真的一模一样，我根本分不清。

"小弗，我要进去了，好吗?"丽兹说。他点了点头，看着两只猫出了神。

这段时间，我和克里斯站在小弗旁边，看着围栏里面。

两只猫躺在一个台子上：一只睡意沉沉，头歪向一边；而另一只坐得笔直，对造访者颇感兴趣。

"这是小熊，"丽兹先指着没精打采的那只介绍道，"这一只是比利。"

就在那一瞬间，第二只猫蹿上了丽兹的肩膀。然后，它跳了下来，走到了小弗所在的铁丝网旁边。小弗没有被吓退。正相反，他站在那里，露出了微笑，对眼前景象深深着迷。

"你想要进来和比利打个招呼吗，小弗？"丽兹问道。

"要的，"他说，"妈咪，你和我一起进去好吗？"

我和克里斯再次交换了意味深长的目光。其他家长可能觉得这再平常不过了，然而对于我们，这一刻激动人心——我们的孩子过去三年几乎什么都害怕。

小弗一进入围栏就坐了下来。我心中那个焦虑的母亲又发出声音：**到处都是猫毛，他的哮喘发作怎么办？**但时间不够我胡思乱想，在我没注意到的时候，比利慢慢朝小弗走了过来，一下子跳到了他的身上，扑在他的胸前。

丽兹接手后一定把比利喂得很好，因为它现在体形已经颇大了。小弗没有料到这突如其来的动作，被推得身子后倾。有那么一会儿他就那样坐着，不确定该对发生在他身上的事情作何反应。在平常，等待我的会是一阵号哭。但我已经发现这次与平常不同。没有叫喊，没有发作，都没有。

比利似乎直觉地感到小弗不太舒服，于是从他胸前滑下来，调整了姿势，不再用全身的力量压着他，只是前爪放在他胸前。然后它伸长了脖子，用自己的脑袋蹭小弗的脑袋。

这一对就这样坐着，抱着彼此，好像世界上再没有别人。

我呆住了，不敢相信自己看到的。

"看来比利已经选中你啦。"丽兹打破了沉默。

丽兹、克里斯和我对彼此微笑着。一切又是尽在不言中。

有几分钟，小弗和比利就坐在那里了解彼此，直到丽兹切入正题。

"你想让比利和你回家吗，小弗？"她问道。

"我想要。"他回答。

"好的，我来跟你父母聊一下，把事情搞定。"她说。

她让他们又在那里坐了一两分钟，然后克里斯说他得上车看看皮帕。

"我觉得我们可能得尽快回家了，不好意思，"我对丽兹说，"下一步怎么办？"

"我会带它去兽医那里检查和治疗，"她说，"然后它就可以住进家里了。"

"我们快要搬家了，可能时间上会有影响。"我说。

"我们周一再商量，好吗？"她说。

"好的。"我答道，希望着一切都能完善解决。

我担心小弗发现比利不能马上和我们回家会发脾气，但我们和他解释情况的时候他显得很从容，就像对今晚的其他事情一样。

"克里斯，你觉得丽兹会相信我们说的，小弗有自闭症吗?"我们往回走时,我问。

克里斯笑了起来。

"看他今晚的表现,你一点都不会觉得有什么问题。"我说。确实如此。

像往常一样,我们已经做好了可能还没有下车就要再回去的准备。但是小弗没有任何过激的表现。他应对了一切情况:从拜访陌生人的家,到一只猫扑到他身上。在我们和小弗共同生活的背景下,这像是一个小小的奇迹。我们的第六感准了。可能我们找到宝了。

🐾

去丽兹家的路上小弗一直坐在车后座里,一言不发,沉浸在自己的思绪里;然而回家的路上他变了个人,一路精神饱满地说着话。

"比利会成为小弗的朋友的。"他拿着照片,这么说了一句。

"没错,小弗。"我答道,从后视镜里看着他的眼睛。

"比利会成为小弗最好的朋友。"他说。

童言童语而已。我们谁都没想到这些话有着多么深远的意义。

第2章 到来

事实证明，小弗和比利的团聚比我们想的要快。

本来的计划是我们等六个月，到 8 月初再让丽兹把它带过来。这是因为我们本打算搬家，从住了两年的房子搬到一个更宜居的地方：东巴尔莫勒尔，在巴尔莫勒尔庄园的边上，离我们现在孤零零的房子有近十公里。拜访阿博因后的周一，我和丽兹通了话，她建议等我们在新家落户后再把比利接过来，不然短时间内要连续适应两个家可能会让它不安。

意外地，小弗对这一情况应对自如。我们拜访比利和小熊之后，他一直很期待他的新朋友搬进来。然而小弗的期待很容易变成焦虑。我们从经验中学到，处理这种情况的关键在于每天一早就向他做出保证。所以每天早上，在他自己提起之前，我们就提醒他我们跟他说过的话。

"是的，比利会到新家来的。"他重复着，有时候是自言自语。

他还把比利和小熊的照片放在床头，每天睡前都要躺在那里看着它们。这对他而言似乎就够了。他愿意等。

事实上，不能等的是丽兹。我们拜访后的第十天，她意外地打来了电话。我的第一反应是恐慌，想着是不是事情有变。而事实是，她由于过几天又要接管大量的猫，问我能不能早些接走比利。

"你要是愿意的话，我们肯定愿意。"我还记得她之前说的话，回答道。

"我想应该可以应付。它性格非常好，你见过的，"她说，"你需要填写一些文件，我过几天把它带去可以吗？"

"当然。"我说。

于是，丽兹和比利到来的日子是 2011 年 6 月 27 日。这一天我记忆犹新，原因有很多。

小弗那天早上要上托儿所，所以丽兹答应下午过来。当我们告诉小弗这一新计划时，他非常兴奋，不停地说话。

"比利来喽，比利来喽。"他不停地说。

一般来说，外面车道上传来陌生的发动机声，或是有出人意料的敲门声响起，小弗就会陷入惊慌。有几次，他蜷缩在厨房里，用手捂住耳朵，等着邮差送完信离开。但这天下午，他听到停车的声音后直接走向了窗户。

"比利来了。"

丽兹出现在门口，手里拿着一个大号的白色铁笼，里面铺着羊毛的寝具，上面的滑竿可以打开盖子。这让我想起了曾经一个养暹罗猫的邻居，她在我小的时候经常带着她的猫走遍全国参加比赛。我经常在她家和小猫一玩就是几个小时，常见到这种精巧的旅行猫笼。

小弗完全被吸引了，急着在笼子里找比利。

"比利在笼子里，比利在笼子里！"当丽兹把笼子拿进房间，抽出滑竿打开盖子时，他兴奋地说。

"比利出来后可能会在屋子里跑跑，探索一下环境。"我告诉小弗。它毕竟是一只猫，极有可能跑去调查它的新领地。

但是小弗注意力都在笼子上，在等他的新朋友出现，没有听见我的话。

到现在我的脑海都能清晰地浮现接下来出现的一幕：比利好像从出生就和我们住在一起一样，好像这就是它的家。丽兹打开笼子后它跳了出来，简单地看了一圈客厅，就直接走到了小弗身边。

丽兹和我交换了又一个意味深长的眼神。不一会，小弗和比利已经在互动了。

他们显然都还记得在丽兹家的经历，因为这一次，小弗首先做出了动作，他弯下腰，说道："嗨。"他又把腰弯得更低，让比利正好可以蹭到他的脸。不一会，他们两个挨着躺在了地毯上，蹭着彼此的脸，就像在阿博因一样。

这是一个晴朗灿烂的下午，阳光正透过窗户泻入房间，我得以近距离好好看看比利。它的长相和普通的猫不一样。它灰色的毛看起来很高级，脸上还有一块三角形的白色区域，从两眼之间向下，盖住了鼻子和嘴。它的胸前有几块是白色的，还有爪子也是，就像穿了白色的靴子。它的鼻子和爪子上还有肉色的印记，乍一看像是被抓伤了，但仔细检查后我发现这是天生的，它那几个地方只是没长毛。从它和小弗滚来滚去的样子来看，它还年轻得很，精力十足。

丽兹和我坐着，目不转睛地盯着这一对看了大概一分钟。我们没说话。我们再一次意识到，不同凡响的事情正在发生。

这之后，我邀请丽兹到厨房里喝茶，同时准备签好她带来的文件。就在我们费力地研究着所有的授权协议书时，我瞥见比利在厨房外的走廊上蹑手蹑脚地走着。

它终于开始勘察地形了，把脑袋伸进每个能伸进去的门和房柜门。我知道等着它的最大的意外是托比。然而，当这位家里资深的猫成员出现在楼梯转角时，迎来的也只是嗞嗞几声和几口口水。没过一会，它们就摸清了彼此的底细，去找更有趣的东西了。托比找到了卧室里一个温暖的角落，可以蜷起身来郑重地打个盹；而比利继续探索了一会，很快又回到了小弗身边。

这记忆犹新的一天中最让我记忆深刻的一幕是丽兹要走的时候。

小弗不是那种感受不到情绪的自闭症儿童。他的性格很贴心，有时非常温暖而友爱。只是，在他那么小的时候，他很少和家人以外的人有眼神或肢体上的亲密接触。

当丽兹要走时，他径直走向丽兹，张开双臂抱住她，说道："谢谢你。"这之前他从未触碰过陌生人，也没有对陌生人显露过任何的亲近甚至是兴趣，这之后也没有。但那天是个例外。

我知道这一刻深深地触动了丽兹。她至今仍在公众前讲起这件事，说在她给所有动物找新家的经历中，这一段有着特殊的意义。不用说，我也深受感动。

看着小弗挥别丽兹，我感到自己的眼眶湿润了。我为小弗流过很多眼泪，这并不稀罕。不同的是，这是很久很久以来第一次，流出的纯粹是喜悦的泪水。

🐾

从一开始，和小弗一起的生活就让我在情感上濒临绝境。有的时候，我自己和身边的人都怀疑我到底能不能挺过去。

我成为母亲的时间比较晚，在三十出头的时候。遇见克里斯的时候，我二十岁，他二十五，然而结婚十年后我们才决定要孩子。说实话，我们是那种没想过要孩子的夫妻。我们过着无忧无虑的快乐生活。他是电工，而我在给一家集合了几家法律出版社的大公司做培训师，奔波于分别在汉普镇和伦敦瑞士小屋的办公室。我们住在安多弗①的一个三居室联排房，在英国的南岸，离南安普顿不远。我们买这个房子本是作为投资，然而我们将挑战升级了，幸亏克里斯是个全能的好手，我们才能把房子彻底扒光，打造成我们自己的。它谈不上是宫殿，却是我们建造的家。我们过着非常开心，甚至可能会引人嫉妒的生活：会见朋友，出国旅行。

　　然后有一天，克里斯回家说，他考虑着我们该组建一个家庭了。在婚姻中，这样突如其来的大消息可能会引起纷争，然而这次并没有，因为我也暗中想着同样的事。我来自一个关系亲密的家庭，是家里的两个孩子之一。我一直都和爸爸妈妈很亲密，很想和他们分享一个孙子或孙女。但当我们告诉他们和朋友们我们的计划时，所有的人都震惊了，他们觉得我们脑子不清楚了。他们大概比我们更清楚地意识到，我们这种不用操心的日子就要戛然而止了。但我们不在乎。

---

① 汉普郡西北部的一个镇。

我是一个习惯计划的人，因此当我们决定要组建家庭后我便开始规划着一切：我们要买的房子，孩子们的卧室，要去的学校，假期的安排，他们要去骑的马。老话怎么说来着？人类一思考，上帝就发笑。如果确实如此，那么他看着我的计划是怎样惊心动魄地展开后真要笑个不停了。

这话很难说得好听——怀上小弗真是活受罪，这体现在所有的形式和方面。第一个问题就是我的体重涨得厉害。真的很厉害。到了后来，我胖得只能靠拐杖行走。我的个子很小，确切地说只有一米五，由此导致的结果是我怀孕二十周时骨盆已经松垮了。

而这带来了一系列问题。主要是因为我上班需要在安多弗和伦敦之间通勤，对于要靠拐杖的我着实是个挑战。好像这样的痛苦还不够似的，我在临近生产前还出现了子痫前期症状。

2008年2月底，我在温彻斯特进了医院做催产，事情从这时变得更加糟糕。事实又一次提醒我，计划不如变化快。我本来设想，我应该伴着优美空灵的音乐自然生产，当我美丽的宝宝生出来时，所有的人都咧嘴笑到了耳根。一切都应该顺利而优雅。而现实，当然完全是另一回事。

我的生产持续了三天，我生命中最漫长而创痛的三天。第二天，我被注射了硬膜外麻醉，以缓解我到医院后就一直感到的极端疼痛，但并不有效。在第三天——3月1日——的早上六点钟，医院决定我需要紧急剖宫产，我被匆匆推入手术室。医生跟我保证我和小弗都会没事，而且很快就结束了。这是我最后的记忆。我被打了全麻，生产过程中不省人事。当我醒来时，我得知已经生下了一个男孩，一个大家伙，有四公斤重。

鉴于我犯的这一系列毛病，大概可以想到，我当妈妈的头几个小时远谈不上美妙。小弗生下来的第一天我几乎没什么意识。真是糟透了。我记得某一刻，我在药物和疲劳的影响下神志不清，当别人和我谈起孩子时，我笑了起来。"你们到底在说什么啊？我没生孩子。"据说我这样说道。

🐾

我有和刚生下来几小时的小弗的合照。照片不会撒谎。我看起来完全在昏睡中。这根本不是那种散发光芒的母亲抱着新生儿的照片。

幸好有克里斯和我母亲陪我。克里斯一直以来都是我的靠山，但就连他也几乎是时刻处于慌张中，因为他搞不清到底发生了什么。似乎有一刻他都不知道他的妻子和孩子是不是活着，一切都太戏剧化了。但没了他我真不知道怎么办。

在这最初这段痛苦的时间里真正受折磨的是小弗。因为生产的状况，我们两个都让医生很担心。他们担心小弗的脑袋浮肿，和我的失血太多。这造成的结果是我们没能真正建立亲密的关系。克里斯和我母亲抱着他,但所有的人都认为我该是第一个喂他、给他穿衣服的人。问题在于,我不是昏迷就是神志不清,所以最后这些只好交给护士。这显然让小弗很痛苦。

我没有天真到认为我是第一个经历难产的母亲,也知道我不会是最后一个。但我确实希望我产后最初几天的经历没有多少母亲会和我共享。这经验太难受了,直到今天还纠缠着我。

产后第二天我才神志清醒过来,意识到哪里不对劲。好像小弗天生就非常非常愤怒。生下来的第二天他所做的只有喊叫。不管我做什么,他还是不停地叫着。

大概一年半以后,在2010年12月,当我计划着如何生下皮帕时,医生建议我看看生小弗时的医疗记录。他们认为这有助于避免同样的混乱发生。当我回顾这些记录时,之前的一团迷雾清晰了,我才睁开眼看到我和小弗到底经历了什么。我一开始就知道哪里不对,事实上我跟护士说过几次这句话。"他有哪里不对劲,"我说,"我不喜欢他的样子。"我还说他看起来似乎"对什么事特别特别生气"。当时我没有得到有效的答复,但现在看来这件事非同小可。我记得一个护士说可能我要多抱抱他!就好像我没有在醒着的每一分钟都抱着他似的!

几天后,我出院了。带着小弗回家后,我想象着他可以稳定下来，却并非如此。在安多弗的家里，他继续着在医院没做完的事——不停地喊叫。在我看来，这仍然像是对什么感到不满，像是愤怒的喊叫。我本能地自责起来。我感到他生气是因为我把每件事都搞砸了。我抱他的方法不对，我喂他的方法不对，我给他穿衣服的方法不对。作为一个新手母亲，我本应考虑如何与孩子建立起那种神奇的纽带，但我丝毫没有感到联结的存在，我只是觉得好像一直在抢救火灾。

当然，很多育儿书上说孩子哭的时候应该把他留在婴儿床上不管，直到不哭为止。这对别的孩子可能有用，但对小弗没用。

小弗的行为用哭来形容并不准确。说是咆哮大概更确切。那是一种竭尽全力的咆哮哭喊。听起来非常悲惨，而有时我做什么也不能让他停下来。我如果不去管他，他就会更进一步，喊到脸都变紫，还会呕吐。

由此带来的压力和焦虑对我产生了很深的影响。我和母亲很亲近，所以我们几乎一到家她就过来陪我，但是这没持续多久。大概一天后我就让她回家了。问题不在于我们的关系——我们相处得非常好，但我就是不想身边有任何人。我感到一种奇怪的焦虑、疲劳、内疚，还混杂其他一百种情绪。我当时并不知道，但我已经开始了一段长时间的半自愿的疏离状态。

我的母亲很担心，哪个母亲不会呢？她知道我状况很糟，于是经常给我打电话。但我说的话可能让她更加担心了。

"我不喜欢小弗。"有一天我对她说。

"什么意思?"她问。

"嗯……我想人本该喜欢自己的孩子。但我就是不喜欢他。"我说。

现在回想起来真是令人震惊，但这是我当时的情绪、心理和身体状态所反映出来的。我状况不好，而接下来的几天、几周甚至几个月情况变得更差了。

有时我问自己：我做错了什么？另一些时候我确信自己犯了人生中最大的一个错误。

我结婚十年来都很高兴，做着喜欢的工作，享受着精彩的社交生活。现在我自己一个人带着一个一周七天、每天二十四小时都在哭喊呕吐的孩子。我的疏离感缓慢而明显地加深着。

于是我的很多计划落空了。比如，我本来期待着带着孩子去办公室。当时同事中算上我一共有三人怀孕。另外两个生孩子比我早，她们都带了孩子上班，我们就凑到孩子旁边逗他们。我很快也能这么做，我当时想。

但生下小弗的头几个星期，我根本无法想象这一切。我不能让任何别的人抱他，因为他会失控。我们的办公室很忙，所以从职业的角度看，我也不能把小弗这样的孩子带去。他会喊叫到大家都无法工作。

同事一直发邮件问我什么时候把他带去，但我一直借口推托。我好像隐藏着一个秘密——一个不想展示给世界的孩子。这很悲惨，而且不正常。

但几星期后，我有了完美的借口。我不可能带孩子去公司，因为我住到了八百多公里外的苏格兰高地。

第3章　跌入谷底

现在回想起来，我发觉小弗的出生和在家的最初那段日子是我人生中很长一段时间以来最紧张最怪异的一个阶段。而克里斯能在巴尔莫勒尔庄园给女王当电工这个过程则更是异常奇怪。

这是从有一天我在网上看高地马的照片开始的。我知道这听起来一定怪极了，但我处在照顾小弗的焦虑和疲劳中，唯一的解脱就是看看那些让我回想起往昔美好时光的东西的图片，并希望着将来还能有这种美好。从我是个小女孩的时候起，我就对马着迷。我非常爱马，尤其是高地马。于是有一天，在小弗小睡的时候，我上网看起了它们的照片。我不知怎么看到了巴尔莫勒尔庄园有一些非常漂亮的小马，于是来到了庄园的官网。

沉浸在幻想中的我突然看见了"职位招聘"的链接。我都不知道为什么自己打开了它，我并没有想象着他们会给压力大得眼球发胀的母亲提供什么照看王室婴儿的职位。页面打开后，我第一眼看到的便是"招聘电工"的广告。

我知道克里斯那时并不快乐。他是个很随和的人，喜欢讲冷笑话，和大家处得都很好。但是整天帮别人家改装电路、换厨房电器这种没有未来的工作他已经做够了。当我给他看这条广告，告诉他应该申请这个职位时，他只是看了我一眼。

"想得美，"他语带讽刺地说，"这种工作不是我这样的普通人能得到的。"

"你不申请怎么知道呢？"我说。

"好吧，我发一份简历，看看会怎么样。"他说。于是我们发送了简历，这便是疯狂的开端。

很快我们就收到回信，问他愿不愿意去巴尔勒莫尔进行面试。我没有完全抗拒苏格兰的一个原因是克里斯的母亲住在那，在东北角的海岸边。于是他先往北走到因弗内斯[①]，又从那里开着他母亲的车往南到巴尔勒莫尔去面试。

克里斯的面试很顺利，他出门的时候他们就说会和他联系。他并没多想，但当他开回因弗内斯机场时，他的手机

_____

① 苏格兰最北部的城市，高地地区的首府。

响了。

"我们决定给你这份工作，你4月底可以来上班吗？"他们说。

他惊得目瞪口呆，我听到这消息时也是一样。这时我们才真正开始考虑这件事的可行性。克里斯得到消息，作为职位的一部分我们会得到住所，无须为此头疼。但我们面临的任务还有将老房子出售，把东西打包并全部搬到十一小时车程以北的巴尔勒莫尔。做这一切的同时，还有一个照看起来很困难的孩子。现在看来，我对那段时间的记忆几乎是没有的。完全是一团模糊。

🐾

在我记忆中无法抹掉的是开往苏格兰的过程。很多小孩在路上的大部分时间会睡着，他们很容易会被发动机的和缓声音和汽车轻轻的颤动哄睡。小弗没有。他一路几乎都在喊叫。回想起来，坐车对他来说可能太刺激了。沿路有太多可看的东西。

我们到了巴尔勒莫尔后接待我们的是庄园的"驻地管家"，不过工作人员都叫他"管家"。他带着我们在这广阔的庄园里转了一圈，我们的车经过了女王那巨大的花岗岩尖角城堡——她夏天都在这里度假。洛赫纳加山顶的雪仍清晰可见，春天才刚要开始，但这里仍美得让人窒息，像在童话故事中一般。

克里斯接着带我到了庄园给我们住的小别墅。他对职位中得到的这一部分非常兴奋。

"你会爱上它的。"他说，他把这房子形容为高地森林中间的一个完美小屋，"沿路往北走甚至有一片湖。"

但当我们把车停在门口时，我的感觉完全不同。这只是一个小型的石头盖的小屋，在四周广阔的森林中间的一块空地上若隐若现，房前的路通往一个叫慕克湖的地方。附近还有另外一个小屋。仅此而已。

我的心沉了下去。我感到空荡荡的，没有克里斯的兴奋，没有任何感情。于是我看着房子说："我不喜欢。"

"你在说什么呀，这儿多漂亮啊。"克里斯震惊地说。

回想起来，我的话听起来一定非常不知感恩。但我完全知道我为什么那样说。我几星期前刚生了孩子，过程艰难又痛苦。而我现在又要住进"不毛之地"，这没什么可高兴的，但这不是主要问题。事实上我非常不快乐，而且状态糟透了，虽然那时我还没有真正领教到其影响。

🐾

我们搬进去是在2008年4月。我们发现另一个小屋里的唯一居民是一个退休员工，之前是庄园的会计。他是个可爱的人，但对一个新母亲和她大哭的孩子并没有多少兴趣。

从实际的角度看，这幢房子对克里斯来说也不是那么理想，因为开车到巴尔莫勒尔要二十分钟。他永远在待命，庄园只要出了问题他就要前去，有的时候几小时都回不来。

在最初几周，我似乎天天都自己在房子里。克里斯往往早上7点45离开，下午5点45才回来，如果运气好的话。从他出门的一刻起，我就坐在家里等着他回来。这期间屋里只有我和小弗，他每一天都从早哭喊到晚，我做什么都没用。

要说天气的话，我们在那里经历的第一个晚春和初夏颇具田园诗意。坐在那里，就能听到水从山脚下流过的声音，清脆的鸟叫声不绝于耳。对于绝大多数人来说，这里宛如天堂，而对我却像地狱。

小弗把我搞得团团转，我找各种方法让他平静下来，但都没用。后来我弄清楚了，他的睡眠以两小时为单位。他会睡两个小时，然后醒两个小时，再睡两个小时，然后再醒两个小时。就这样不断继续。夜里他会睡得长一点，但是长不了多少。他醒着的两个小时我要使出浑身解数。他会想要换尿布，要奶瓶，等我刚把他安抚得不哭，一切又周而复始了。

每一天的每一分钟都是挑战。小弗不像一般孩子那样沟通。如果你朝他发出怪声音，比如把脸藏起来再"哇"的一声露出来，他不会有反应。通常情况下，母亲和孩子之间的神奇纽带正是在这样的时刻中形成的。但我没有看到任何期待中的反应：他没有微笑或咯咯笑，也没有试着模仿我。他没有任何反应，作为母亲的我感到很沮丧。

反过来，他主动沟通的方式只有一个。他不会指着要东西，也不会试着说话，他只是喊叫。

"你怎么知道他想要什么？"有一次我母亲问我。

"他会一直冲我喊，直到我弄清他想要什么。"我说。

这是事实。有的时候我会觉得我是不是空降到了某个扭曲的游戏节目里，要猜出正确的物品是什么。

"你想要这个吗？"我会举着他的杯子问。

"哇啊啊啊。"他喊着答道。

"好吧，不对，你想要这个吗？"我又举着饼干问。

"哇啊啊啊。"

"嗯，不是，你想要这个吗？"我举着玩具。

"哇啊啊啊。"

就这样不断继续，通过一种尝试与错误的程序，我会最终找到正确答案。我和克里斯暗中称这一程序为"试炼与恐惧"，这非常累人。

这一切意味着我被绑在了家里，我哪儿也去不了，什么也不能做。

我唯一的解脱是把小弗放在婴儿车里，走到一个有一棵大树的风景优美的地方。微风吹起的时候，他很喜欢躺在那里看着树叶摇晃，着迷地观察摇摆的树枝，听着风拂过叶子的轻柔声音。这是我安抚他的最好办法。我甚至可以把他留在那，溜进屋泡一杯茶。我知道这听来很糟，但那些偷来的平静时刻对我而言简直是说不出的轻松。

那时我就这样一天天过着。但我知道不能一直这样下去，所以我很快就让克里斯求他们把我们换到一个不这么与世隔绝的地方。他被告知没有别的地方可住。所以接下来的七个月我一直在硬撑，几乎撑不住了。

回顾我们那个阶段的生活，我发现我当时状况很不好，钻进了牛角尖。当我回忆起当时的一些想法时，现在都很震惊。有一天克里斯下班回家后，我似乎进入了人生的最低潮。

我又经历了与小弗艰难的一天，于是决定出去走走。我踏上了通往河流的路，走到一座绿色的铁桥边，桥跨在湍流之上。这又是一个让人惊艳的美景，是高地天堂的一个角落。但我处在个人的地狱中，无法欣赏景色。

我在那只站了一小会，脑子里就钻进了这样的想法：**我如果从桥上跳下去有任何人会在乎吗？有什么大不了的吗？**

我感到的只有疏离和孤独。我陷入了绝望。有一会儿，我说不上多久，我盯着河水，想着如果我跳下去让河水把我带走会怎么样。我会真的走上前跳进去吗？我是不是差不多就要一了百了了？我不知道答案，当时我的头脑中是一团迷雾。

一瞬间，我眼前出现的都是克里斯和我家人的画面——更主要是小弗。我知道我不能对他们或他这样做。那晚回到房子里，我觉得我跌入了谷底，然而事实证明我还没有。

搬到苏格兰为数不多的好处之一是，至少在我看来，是这里的卫生访视员①人更好，更加善解人意。我曾经和英格兰的卫生访视员吵了起来，我们完全合不来。他们根本没有耐心听我担心的问题，不把我当回事。我说什么都好像是幼稚无知。好像我什么都不懂。

比方说，小弗一开始就不能把牛奶咽下去。我只是用奶瓶给他喂奶，他都会吐出来。我告诉他们我真的很小心，我怀疑他是不是有乳糖不耐受之类的症状。但他们让我"别犯傻了"。他们还说不可能推荐无乳糖牛奶。他们的套路答案是他"只是腹痛"，并给我开了小儿腹痛药。当然，当他长了几个月后我给他换成了豆奶，情况就稍好了一些。

我觉得他们身上有一种"你无论如何得扛下去"的过时态度。当我提到他的喊叫时，他们只说"他就是这个样子，你最好习惯起来"。

我到了苏格兰后事情立刻好转。我们刚到巴尔勒莫尔的

---

① 针对新生儿或是久病者上门的健康顾问。

时候小弗都还没有到当地注册，但很快一个叫杰恩的卫生访视员就来看我们了。不夸张地说，她救了我的命。

杰恩身上有一种亲切随和的感觉，我发现自己很信任她。她从未把我看成是神经质的母亲，总是认真地听我要说的话。当然，实际情况是我得了产后抑郁症。杰恩知道，所有的人都知道，只有我不知道。我无法接受这个结论，因为在我看来这等于说我放弃了对生活的控制。

杰恩和我的医生给我开了对抗抑郁的药，但我没吃。我觉得自己没有问题。

我不承认我有抑郁症，我变得防备心很重。

"你是说我是个坏母亲吗?"我会恶狠狠地说。

说实话，没有人能进入我的内心。

进入夏天之后，我决定要休个假，去我在埃塞克斯的家人那里。

在经历了三个多月与小弗共处的人间地狱和两个多月在苏格兰高地的与世隔绝后，我和克里斯的关系自然变得紧张起来。他在上班，做着梦想的职业，十分快乐；而另一方面，我非常不快乐，几乎要做出不可想象的事情。可怜的克里斯。他试着想办法让我高兴起来，在家的每一刻都帮我做事，但是没有用。真的是难为他了，他不知道怎么办才好。

我母亲一直求我去南边看看她，于是我最终屈服了，决定带着小弗飞到南边去。走之前我和克里斯大吵了一架。我都不记得吵的是什么了。然而我记得，出于某种原因，我把医生开的药装进包里带走了。我们争论过很多次，克里斯觉得我该吃药，但我坚持认为这是浪费时间，我不需要它们。我把它们装进包里是一时赌气，就好像在说："好了吧，我装进包里了，你满意了吗?"

在我母亲家第一晚睡觉时，小弗躺在他的旅行婴儿床里，在我旁边。他像往常一样哭个不停。这没什么反常的，就好像他呕吐也并不反常，他也确实吐了。我起床给他擦干净，换了床单，然后重新试着睡觉。我刚要睡着，他又吐了，但这次有些反常。他没有哭。这时是凌晨三点半。

我本能地知道出了问题，把他收拾干净、换了床单后，我叫醒了我母亲。

她看了他一眼就去找体温计了。他的体温很高，几乎到了42摄氏度。这时他已经开始不停地呕吐，把胃里的液体都吐干净了，于是他只能干呕。

我母亲给全民医疗中心打电话，和所有的人一样回答了一百万个问题，他们让我们喂他几小口水喝，等一小时看看有什么反应。但我们很快发现这根本没用，于是我母亲又打了电话，陷入狂怒之中。

"你们必须采取措施，这孩子病得非常、非常严重。"她朝电话吼道。

这时天已经亮了，当地的医院也开门了。我们打了电话，医生很快就来了。她看了一下小弗，说："他得去医院，现在就去。"

当时我父母就住在绍森德医院边上，于是我们五分钟就到了医院。

不夸张地说，小弗看起来就像是死了。他的皮肤不是白色，而是暗灰色；他没有任何活动迹象，几乎都不怎么呼吸。他已经几个小时没有吐过或哭过了。

医生们立刻把他推进了急诊室。很快，他身上插满了针头，连着一堆管子，向他身体里输进液体和药物。我蒙住了。我坐在那里，无法思考。

过了几个小时，一个医生过来找我，对我说小弗有严重的肠胃炎。他不知道他已经遭受了多少损伤，但希望他们能救活他。接下来的二十四小时是关键时期。

他们允许我坐在小弗旁边。护士把他放在一块高科技的垫子上，可以记录他的心跳和呼吸。他还有心跳，然而非常微弱；还有呼吸，也同样微弱。一切发生得太快，我完全失去了时间概念。那天晚上，我在医院陪着他。那个时刻，当我自己坐着的时候，一切都清晰起来。我突然醒悟了。

我看着躺在那里的小弗，想着：**这一切都不是你的错。**

这之前我一直在一团迷雾里，但我突然能够看清了。我对发生的情况处理得不好。我心中一直有怒火，但我发泄到了错误的地方。我迁怒于那些和我最亲密的人：克里斯、我母亲，最主要的，还有小弗。

我清楚地记得我自己的想法：我的孩子要死了，我却一直对他怀有那些想法。我把一切都怪到他身上。但这不是他的错，可怜的小东西。他做错了什么呢？什么也没有。

这正是转折点，是我要跌入的那个谷底。我知道，在一切都太晚之前，我需要控制局面。

人类大脑运作的方式真是奇怪，有时危机却让你能够直面困境。我坐在那里，明白了这个孩子有多宝贵，而我有多爱他。过去的几个月，我不知为何忽视了这种爱，可能是我抑郁的一部分吧。现在我只觉得我需要照顾好他，给他一个活着的机会。突然间，我发觉怒气离我而去，一切阴霾都消散了。真是太棒了。

到了第二天早晨，小弗也有所转变。他们往他体内输入了不知道多少液，就像很多儿童一样，他显然在一瞬间渡过了难关。前一秒他已经敲响了死亡的大门，后一秒他便好转起来了。

"孩子们很神奇，他们病得快但好得也快。"医生说。

我感到一种放松和专注的神奇结合感。我清楚地知道我该怎么做。我从包里拿出医生开给我的对抗产后抑郁症的药片，按照标签上的指导吃了两片。从那开始，事情渐渐变好了。

我母亲显然打电话通知了克里斯。他听了后立刻跳进车里，开了十一个小时的车，他不知道自己的儿子能不能活下来，自己的妻子怎么样了，自己和她的关系处于什么状态，自己的婚姻还在不在。我想象不出他这一程是什么感觉。一定是宛如地狱吧。

于是，克里斯看到小弗时和我一样放松。他看到他清醒地躺在床上，和三十六个小时跟我从苏格兰出发时一样有活力。

克里斯开车米是因为医生怀疑小弗是在机场或是飞机上染上了肠胃炎，所以建议我们在干净安全的环境中带他回去。我们往北走的路上他睡着了，显然，经历的一切让他非常疲劳。

这段车程给了我们放松的机会，更重要的是，给了我和克里斯沟通的机会。我为之前的表现道了歉，解释了我的精神状态。他给了我很大的支持，他对我说他很担心我，听到我愿意听医生的建议吃药时松了一口气。在医院的时候，我担心我的婚姻要完了，然而等我们回到苏格兰，我知道我们之间已经没问题了。

当然，我们仍面临着小弗的问题。和他的生活可以说变得更加富有挑战了。在接下来的几年中，我们见证了他更多的状况。但从那天起，我开始能够客观地、理性地看待这些问题。工作时，我一直是个有逻辑有条理的人；于是我开始用逻辑和条理处理他的问题。从那时开始我的心态没再变过，我一直想办法解决问题，我问别人："我怎么帮他渡过这一关？我怎么处理这件事？"这也是我现在与小弗生活的态度，我别无选择。

俗话说，杀不死你的让你更强大。这非常正确。事实正是如此。小弗出生的头几个月给我们带来了创伤，却也洗涤了我们。自那以后我秉持着不变的生活哲学：我们处于这样的情况中不是任何人的错。小弗没有错，我也没有错，谁都没有错。我们被发了一手这样的牌，而我有责任打好这手牌。我要把小弗放在第一位，尽我全力给他更好的生活。这也是我每天所做的。

正因如此，在跌入谷底三年后，我最终为他找到了他的新伙伴——比利。

第4章　形影不离

比利的到来就像我们生活中吹入的一缕清风。从他跳出笼子的那一刻起，家里的气氛几乎马上就变了——变得更好。

这一部分是由于比利比托比更惹人注意，它更年轻，更有活力，个性也更好。初到的几天，它在家中闲庭信步，就好像一直住在这里一样；它到了感觉舒适的地方就随时躺下休息。它尤其喜欢我们房子后部的多功能间①和卫生间，我已经好几次发现它蜷在装着待洗衣服的柳条筐里了。

它还会不时消失在房子周围的空地里，我们对此并不特别担心。有一阵子我们根据给它进行了预先治疗的猫咪保护

———————————
① 用来洗衣服、放置冰箱等的房间。

协会的建议，想让它只在室内待着。但我们意识到比利太自由了，受不了这种拘束。幸运的是，最开始它并不会走太远，它对爬房子周围的树要感兴趣得多。一天，我看见它从门廊的窗户蹿上了路旁最近的树。这场面颇让人赞叹，不过也有点吓人。它显然毫无畏惧，在那里待了一会，在微风中摇摆着，搜索着周围的地形，像是在帆船桅杆瞭望台上的守望员。

在家里，比利给托比留出了开阔的寝地，而且避开了它楼上的领地。这不是出于害怕，它只是懒得理一只整天游手好闲的猫。比利想要行动，想要做些事情，尤其是和小弗有关的事情。

这就是比利给我们的日常生活带来的另一个立竿见影的效果。它给了小弗简单纯粹的陪伴，正如我所愿。我对它的期待不多，它毕竟是一只猫，一个自由的生命。我只是想让它成为小弗的朋友，而这一工作它做得极为出色。

这一对小家伙重续了之前两次见面的缘分，很快就打得火热。当小弗从托儿所或医生那里回家后，他们就像久违重聚的兄弟一样，每天都要花几个小时和彼此在一起。

比利甚至养成了在小弗旁边睡觉的习惯。由于肌张力减退，小弗走路超不过几米，更不用说上楼梯了，所以他睡在楼下。每天晚上，当小弗安全地躺在床上，整间房子安静下来后，比利就蜷起身子躺在房间旁边的走廊里。

小弗早上起床后，比利总是出现在他附近。它会在小弗吃早饭时悄悄走进厨房。

"我的比利。"小弗会这样说。

小弗年幼的生命中大部分时间都拒绝同任何人或事互动，因此我每次看到这个场面心中都觉得暖洋洋的。在千万件事情之中，这只不过是一次小小的互动，但对我而言这非常动人。比利似乎在缓和地将小弗带进这个世界中。

🐾

只要有一分钟的空闲时间，我就会忍不住看着他们在一起的样子。我说不清是怎么回事，但我感觉到比利对小弗和他的需求有一种本能的理解。

比如，小弗爱躺在客厅的地面上看电视。我们铺的是复合地板，中间有一块方形的大号毯子，他喜欢在那乘凉。比利很快察觉到了这一点，便待在小弗能碰到的地方。小弗总会给出回应。他把脑袋枕在比利的肚子上，或者在它旁边蜷起身子。有的时候，小弗会在比利旁边团成一个球。曾有几次，我坐在房间里和他们一起，边喝茶边看着他们互动。一开始就让我震惊的是，比利会不时地凑近小弗，把脑袋顶在他的胸口上，就像在用头撞他一样。小弗仰面躺着时，他经常这样做，几乎像是在把小弗压进地板里面。他似乎知道小弗很喜欢这样。怎么知道的呢？我毫无头绪。

直到最近我们才了解到这是小弗的肌张力减退造成的。因为关节松散，小弗的行动力很有限。婴儿时期他甚至不能爬。如果想动，他需要坐起来往前蹭着走。事实上，在出生后的十八个月内，他能做的只有在地板上仰卧。他甚至不会翻身。

在早期这段艰难的时间里，我学会了适应这种情况。比如，给他换尿布的时候，我没有在普通的更换台上操作，而是在地板上。这样可以最有效地避免小弗发脾气。

我们直到他的病症被确诊后才明白，他这样躺着是为了获得支撑，为了感受到周围坚固的支撑。他仰面躺在地板上是想要一种接触感，一种自己的脊柱和腿被压着的感觉。任何别的姿势都会让他觉得没有支撑，从而失去安全感。比利用两天时间就弄清楚了我们两年几乎天天都在琢磨的事情。他压着小弗，是因为他知道小弗需要这样。

"这两个家伙真是形影不离。"一天晚饭时我对克里斯说，"我觉得比利比我们还要了解小弗。"

"不好说，"他扬起眉毛说，"看看小弗情绪崩溃的时候它是不是还了解他。"

他说得有道理。

比利住进我们家里后，我们有几个比较担心的事。一个是皮帕，对我们来说，她和小弗一样重要。我们尤其担心比利会看中她的婴儿睡篮，认为在那里蜷起来睡觉会更舒服。我读到过恐怖的故事，有的孩子就是这样被猫压到窒息的。但显然，我们无须担心，因为比利对她根本毫不在意。它更愿意花时间在楼下陪小弗，几乎很少上楼探索。

然而，一个更让我们担心的大问题是小弗崩溃时比利会如何反应。我为此深感焦虑，也知道克里斯尤其烦恼，因为他看到了小弗和他的小猫朋友已经建立了深厚的感情。我们俩都知道真正的崩溃随时可能发生。万一比利看到小弗发脾气后逃走怎么办？万一这段友情还没有发展完善就被切断了动力怎么办？我们和猫咪保护协会的丽兹一直保持着联系，并达成一致：我们观察几周，再确定是不是让比利留下来。我们会需要大老远地把比利送回阿博因吗？最糟糕的是，我们要是真的把小弗的新伙伴送走了对他会有什么影响？我们不久就得到了答案。

🐾

7月初的一个晚上，克里斯在往常的时间下班回家。已经接连几天都是炎热的天气，而那天格外闷热。

"嗨，我在一个没有排风口的阁楼里待了一天，我得赶紧冲个澡。"他把头伸进厨房说，我在里面忙着照顾皮帕，她正坐在婴儿高脚椅里小口喝茶。

这一切发生得太快太自然了，我们甚至没有时间注意到这打破了常规。克里斯下班后通常是要坐下来喝一杯茶的。当然，小弗立刻注意到了这一点。

他当时已经吃完了饭，在客厅和比利玩。楼上的冲澡声刚一响，他就出现在走廊里，焦虑不安。

"爸爸弄错了。"他站着说，前脚掌着地，前后晃动身体，拳头不停地攥紧了又松开。

"爸爸弄错了，他平时不是这样。"他重复道，这时他用手捂住了耳朵。

我对于即将到来的崩溃的征兆太熟悉了，毕竟我已经见过这些征兆不止三年了。于是我也知道现在即使克里斯像平常一样重新回到厨房里喝茶也于事无补。已经太晚了。我知道接下来要发生什么。炸弹要引爆了。我得鼓起勇气面对爆炸。

小弗脸上的颜色逐渐加深。这一点都不是好玩的事，有的时候我会把这比作动画片里的角色非常、非常生气时的样子。不到一会，他便开始哭喊，我试着让他冷静下来。

从一到十的话，这次崩溃大概是六或七的程度。要是到了九或十，他就该把手放到嘴里咬自己的指头了，那样他就会完全不受控制，口水流一地。要是到了彻底的十的程度，他还会流鼻血。当然，现在的状况也足以让路过的人以为我们家里有十个孩子在同时喊叫。

大概半分钟或一分钟后，比利出现了。它本来在房子里别的地方游荡，但显然听到了小弗的喊声。

小弗站在走廊里，双手捂着耳朵，咆哮着。比利只是坐在他的面前，看着他。

情况一片混乱，而比利就这样坐着接受这一切。有一刻它甚至用尾巴扫了小弗一下，似乎想安抚他，让他冷静下来。

一开始小弗没有注意到，但很快便留意到了比利。他并没有停止哭喊，但比利似乎捕捉到了信号。它开始一圈一圈围着我和小弗走，直到我们慢慢地收拾了局面。

几分钟后克里斯出现了，用毛巾擦着头发，一脸愧疚。

"对不起，我没考虑到。"他对我说。

我经历过很多发作，已经有免疫力了。

"没事，"我说，"好消息是比利没被吓着。"

"真的？"克里斯说，"我看到托比躲在我们的床底下，还以为比利肯定也逃跑了。"

"完全没有，"我说，"我不知道它在以前的家里经历过什么，但是这回它一点没慌。一只小猫能应对这种场面，很了不起吧？"

克里斯点了点头，然后走下楼来到厨房。

"我真的想留下它，但我们再稍微等一小段时间好吗？"克里斯笑着说，他终于烧上了水，来沏这杯迟来的茶。

他太了解我了，知道我在想什么。

"我知道你想让它成为小弗最好的朋友，但你知道他多么难以预料。我不想让你再难过了。记得糖糖的事吧。"

我怎么忘得了呢。

🐾

两年多前我们养过一条狗，一条被苏格兰猎犬收养所救助的萨卢基和惠比特的混种犬。

我们养它是为了我，而不是为了小弗或克里斯。

在我被诊断出产后抑郁症后的几个月内，我做出决定，除了整天对着我喊叫的孩子外，我还需要一个伙伴。那时我们已经成功地从林中小屋搬到了巴尔莫勒尔庄园边上的一个门房，靠近城堡的主要入口——一座横跨迪河的桥边。这对小弗可能不是最好的地方，但是这里远没有之前的房子那样与世隔绝，考虑到11月份苏格兰的冬天已至，这里真是一个安慰。

我一直爱狗，更是被这条狗迷得神魂颠倒。我给它起名糖糖。我偶尔仍然感觉孤独，但糖糖让我的生活多了一个关注点，我推着婴儿车带小弗出去时很喜欢带它一起，在巴尔莫勒尔散步。

有几周，我大胆地设想着可以扩大我们的家庭，我面前的漫长黑暗的日子也有了陪伴。

但很快，事实表明它和小弗无法共处。那时的小弗越来越爱在地板上到处蹭来蹭去。这很成问题，因为糖糖脱毛很厉害，在地毯上留下了一堆毛。小弗和我们的猫托比之间没什么问题，但我们发现他对狗毛和皮屑非常敏感，糖糖掉的毛带来了流鼻血和哮喘发作的情况。情况很严重，我们只得带他去看了几次医生。

我和克里斯没花太长时间就得出了不可避免的结论：糖糖得回到收养所去。那里的人员表示极为理解，并几乎是立刻给它找到了新家。我们同意驱车南下至邓迪，把糖糖交给志愿者，由他把糖糖送往英格兰和苏格兰交界的特威德河畔的贝里克。

南下的路途糟透了。小弗坐在安全座椅上，糖糖在后面，躺在它的床上，我坐在前面克里斯的旁边，感觉心被撕成了一千块碎片。

我们约好在一家大型宠物超市的停车场见面，送走糖糖。但我们停好车后我发觉我无法面对这一切。我太难过了。于是我带着糖糖快速溜了一圈，和它告了别，然后把它交给克里斯去送走。回到车里，我努力不哭得太厉害，以免让小弗发作，但败局已定。

那是一段糟糕的日子，而这又是一件糟糕的事情。但我提醒着自己对自己和小弗许下的承诺，很快调整了情绪。在这件事上，我别无选择。

那个阶段的小弗越来越明显地表现出，他有着严重的问题。

我相信所有家长都有那种标注孩子到了每一年龄段有何标志进展的书。在他们成长的阶段中，他们该逐渐学会走路、说话、自己上厕所、自己吃饭。但对于小弗，我很快意识到这些标志点是无效的。他无法取得这些成就，一个都不行。

作为他的母亲，我知道，每一个错过的里程碑都只是在证明我已经知道的现实：他的情况不正常。但是，直到他已经错过了太多，医疗人员的雷达上才显示出这个问题的存在，并开始进行调查。2009年1月，在小弗十个月的时候，他被介绍给一位矫形外科专家，他们认为他的机体可能有问题，因为他大部分时间总是躺着，没有丝毫尝试站立行走的迹象。

他们查看了他一下，但是找不到具体原因，所以他们又找到一位阿伯丁的儿科顾问，斯蒂芬医生。

自闭症显然可以解释他的很多行为，但我们被告知他太小了，还不能进行评估。一般来讲，儿童到四岁才能进行诊断。就像那时的很多事情一样，必须出现戏剧化的发展才能让情况有所进展。

🐾

在小弗大概十四个月的时候，一个周一的晚上，他像往常一样躺在地上，用腿敲打着地板。但他的腿会不时变得僵硬，这时他就会发抖打战。他重复着这样的动作，双腿僵硬开始打战，接着双腿僵硬开始打战，他会好转一会，但之后又开始。我们以前见过几次这种情况，但没有这么严重。这场面让人感觉痛苦，我们自然也很担心，我们想他会不会是癫痫发作。

我给克里斯的母亲通了电话，因为她当时的工作是帮助有特殊需要的成人。我知道她有处理癫痫的经验。我说明了小弗的行为后，她立刻让我叫救护车。

当然，这没那么容易。克里斯给医疗中心打了电话，回答了一堆问题。他给他们讲了打战和僵硬的情况，他同时提到小弗的意识不太连贯，而且脸色看起来很让人担心。事实上，他当时已经面色苍白了。最终，他们决定派来救护车。

护理人员和我们同样担心。开往医院途中的最后十分钟，救护车打开了蓝色警报灯，因为小弗的脸色变得更糟了。但很快，他被交到了可靠的医生手中。

过了一会，我们见到了一位专家，说他确定这不是癫痫发作，但是当下也没有别的解释。他建议小弗留院观察，这让我们极度难受，非常担心。

我们恰巧两天后约了斯蒂芬医生，我们大概一个月与她约见一次，她建议我们观察小弗，有可能的话给他录像。克里斯捕捉到了几次崩溃的片段，以及几次像这样的意外情况，我们打算下次见面时给她看看。

周一的晚上我陪小弗，克里斯回家；第二天他和他母亲一起过来了，带着便携式录像机。

在我去吃早饭的时候，斯蒂芬医生恰好和一队同事早到了。严格来讲我们是约在第二天见她，但她想当场检查小弗的情况。克里斯在医院，但是出来接我了，于是只有他母亲和医生在一起，医生开始看录像机上的片段。

医生们看了三四遍录像，显得非常担心。我们回到医院后，斯蒂芬医生确定了这不是某种病症发作。

"这是某种自我满足行为，"她说，"我想我们要让小弗接受更多的具体测试。"

这对我们来说是个意义重大的时刻。那些医学裁决者终于开始关心情况了。小弗之后必须接受核磁共振扫描和脑电图记录，他们在他头部周围摆满了显示器，记录他的脑电波，查看癫痫的迹象。幸运的是，他们没有找到。

"癫痫发作"几个月后，在2009年8月，小弗被请到阿伯丁的一个专家儿童中心进行测试和观察。这可能是小弗生命中最重要的一周，至少在那时如此。

克里斯不得不请一周的假，因为女王正在居住期间，所以假请得不容易。我们每天驾车一个半小时前往该中心，那里是为特殊需求儿童设立的启智幼儿园，大楼里也有肢体残障儿童的康复中心，因此走进去时你会感到一股积极的力量。墙上有各种开发知觉的设备：可以去转的木头轮子、可以边走边摸的凸块。一切都适应儿童的高度，这很有用。

对小弗来说，走进一座充满长长走廊的陌生建筑是相当可怕的。但楼里面适应他高度的这些装置带走了恐惧，我认为这设计真是聪明。一间宽敞的游戏室的一面墙上装着一面横穿整墙的单向玻璃，我和克里斯可以坐在玻璃后面看他一会。

小弗不是唯一接受评估的孩子，算上他一共有六个。他们都不到五岁，但小弗是最小的。每个孩子都有专门的看护员。给他们评估的有一个语言治疗师、一个心理学家，和一个作业治疗师。他们花了一个礼拜观察他各方面的行为。例如，他们想看他对于不同材料的反应，就让他摆弄泡沫、果冻、沙子、水和颜料之类很多杂七杂八的东西，看他接受什么，不接受什么。他们也观察我们和小弗互动和说话的过程，然后分别跟他和跟我们单独谈话。

有的时候我真是忍不住发笑。

"你似乎本能地知道小弗想要什么。"一个人有一次对我说。

我笑了笑。

"不是的，我才经历了十八个月的哭喊，"我说，"他从不直接要东西。我学会了了解他要的东西是因为他是个极其按惯例行事的孩子，我搞懂了他的惯例。"我这样解释。

不得不说，他们发现了很多我们从未注意到的事情。比如我们只知道小弗的视力很好，可以看清远距离的东西，但是我们没有发现如果你指向一个东西，他的目光不会顺着看过去。和护士在一起时，他不会这样去配合。还有另外一些见解也听上去非常可信。

例如有一位评价道，小弗不做某事的决心要比做某事强。我忍不住跟着点头。比如我们在开车时，他意志坚决不肯睡觉。他在不是自己的婴儿车和婴儿床里也一样。似乎他有意识地做了个决定：**我知道你们想让我干什么但我不会做的，而且我要用尽吃奶的力气不去做这件事。**

这一周很奇怪。看着别人和小弗说话、互动，然后往写字夹板或笔记本上匆忙记下什么，这感觉很怪。我感到某种愧疚，这样让陌生人像个小白鼠一样地对待他。但我们想要答案，这是唯一得到答案的方式。

一周结束后，我和克里斯被请到阿伯丁，和专家们坐下来讨论小弗的将来。这一天将永远留在我们心中。

我们把小弗留在家由克里斯的母亲照顾，开车进行那周最后一次的阿伯丁之旅。我们进了一间屋子，中间摆着一大张椭圆形的桃木桌子，周围坐了十二三个人，有各种治疗师和专家，他们都对小弗进行了观察，各有意见要发表。会议一开始我们得到一份厚厚的报告，算是意见的总结。

这份报告读起来真是令人心碎。

上面写的很多东西再一次证实了我们已经知道的现实。一位临床心理学家记录道，小弗和陌生人交流起来有困难，对于他们站在家门口有恐惧感。我们点了点头。有人突然来访查电表时，我们要花好几个小时安抚小弗。

记录中还提到小弗社交能力极为有限，说的话不超出二十五个单词。又是我们已经知道的。当然了，我还知道他有另外二十五种哭喊的方式。那是他独特的交流方式。

医生们还提到小弗对于日常生活中会接触的很多东西都有讲究，尤其是杯子。他必须用某一个特定的杯子喝水，不然的话就会极度易怒，他们说。再一次地，他们确认的事实是我们再熟悉不过的。我得买十几个杯子，再买十几个，直到找到小弗愿意接受的那个。那些被拒绝的杯子现在还装满了我家的柜子。

然而，有一件事是我们不知道的。这和他八九个月时某种奇怪的举动有关。他会不时抬起膝盖靠近身体，再重重摔在地上。我们当时的医生记录下了这一点，这一行为在这次的谈话中被提起。当时的医生认为这是他们称之为"四肢强直"的表现。令人担忧的是，现在这些医生不同意医院几个月前的结论，认为这可能是"癫痫发作"引起的。

我们知道得到的结论是最关键的，因为这对小弗的未来有重大影响。而结论确认了我们的担心。

报告总结道，用他们的话来说，小弗有"泛自闭症"。

上面还有他有行为方面的问题，并给我们几个月来发现的他四肢无力的情况定了性：肌张力减退。

我们消化着这一切，和专家们围坐着谈论发现的情况，结论是沉重的打击：不知道小弗有没有任何可能可以走路或正常移动。他们说治疗师可能有用，但是和他说话的情况一样，不保证能治好。其中一个会诊医生坚持这都要看小弗自己的表现，他说小弗意志太强，"当他准备好的时候就能做到"。

关于他教育前景的结论要确定得多。"小弗不可能上主流的学校。"一个医生说道。这句话我记忆犹新，就像五分钟前才听到那样。这像是往我和克里斯心里捅了一刀。这位女士没有恶意，她只是尽责地对我们直言。就算我们不喜欢，这也是我们需要的信息。

这在很大程度上是一个矛盾的时刻。一方面，我和克里斯伤透了心。家长对孩子总是有很多的希望和梦想的。而我们在阿伯丁那个房间里度过的半小时将其中的很多粉碎了。然而，我也强烈地感到被证明了清白。很长时间以来，没人听我的。现在，苏格兰在这个领域最有声望的专家们证实了我十八个月来的怀疑。所有那些说我神经质、反应过度的人都错了。

另一个积极的方面是，小弗得到诊断意味着我们可以在照看他这件事上得到更多帮助。在只靠我自己照顾了小弗一年半后，我得到了物理治疗、作业治疗、言语治疗等形式的专业帮助。

巴尔莫勒尔的管家也帮了大忙。他总是询问小弗的情况，我们向他说明诊断结果时他表示很愿意尽全力帮忙。

我们住的门房不太理想。首先，小弗不能爬楼梯，于是当克里斯不在的时候，我只好抱着他在一段很长很难走的旧石台阶上走上走下，只为进出他的卧室。台阶有好几处歪歪斜斜的，抱着一个在我怀里闹腾不已的孩子往上走真是个挑战。总感觉我在拉着一个十吨的重物上山。

除此之外，这还是个老旧阴冷的石头房子，这意味着小弗在地上会很冷。虽然铺着地毯，但石板的下面有空洞，早晚地面总是冰冷。

最后还有采光问题。在我们去阿伯丁之前，医生们给小弗提供了一个矫形椅，椅子可以给予他额外的支撑，让他能站立。但是，家里的窗户太高了，他即便站着也看不见外面。新的治疗专家同意我和克里斯的看法，一个需要激励的孩子不应该待在一个几乎全天黑暗的房子里。对他来说，这简直是个小型监狱，因为他完全享受不到窗外的风景。

我们说明这一切时，管家非常理解。他告诉我们他会试着再安排一次搬家。他提到了一个他认为合适的地方，庄园众多房屋中的另一栋，在距离巴尔莫勒尔几公里远，临近巴拉特的一块空地上。那里本来住着一位年长的女士，她以前是庄园的员工，但她日益虚弱了，他们同意让她回家。

　　管家去看了一下那个房子，毫不犹豫地决定了。整间房子在一个平面上，窗户很低，房子里光线明亮。这里对我们都是一个大大的改善。新房子让我们为之一振，尤其是小弗也开始了一系列的康复治疗。

　　回想起来，我认为那段时间对我们而言确实是个突破性的时期。在最早的一年半时间内，我们基本是孤立无援的。我们知道小弗有问题，但是没有真正的专家给我们专业的帮助，让我们能够理解这些问题的本质，更不用说解决这些问题了。专业的诊断改变了这一局面。我们遇见了很多有能力的人，不再觉得无助。其中一位叫海伦的物理治疗师格外出色。

　　阿伯丁的一个会诊医生坚持认为小弗不能站立和走路是发展阶段还没到。他给我们的建议是耐心等待。"他准备好的时候就会走路，他只是太固执了。"他说。但海伦刚刚开始治疗小弗，就表示不同意。"没有这么简单。"她说。

　　海伦很快就发现小弗的脚踝有问题，它们几乎可以旋转360度。因为肌张力减退，也就是肌肉缺乏张力，他的脚踝太松了；当他试着让它们承受重量时，不夸张地说，它们直接崩溃了。他想拿起东西时也是一样。我们那时把这比作游乐场里的"抓娃娃机"：你操作一个起重机似的小装置，试着抓起一只抱抱熊或者玩具汽车，但那个装置一接触到玩具就变得松软无力了，完全抓不住东西。小弗也是这样。

"这就是他站不起来的原因。这不是发展阶段的问题，是他身体状况的问题。"海伦告诉我们。

她推荐我们给他定制一副铸型的腿部夹板，好在脚踝处支撑他的重量。

不出意外，那个会诊医生不同意这样做。但海伦竭尽全力为我们争取，并最终获得了胜利。小弗得到了夹板，很快，他能够站起来了，而且迈出了走路的头几步。如果没有海伦，我们可能还要等几个月，甚至几年，才能取得这一突破。

海伦有一种非常特别的气场。她留着长发，戴着晃动的长耳环，气质空灵。到那时为止，她是我们的生命中出现的最为冷静、积极的力量。她对小弗产生了重大的影响，是她让他镇定下来。

其他的工作人员都要花很大力气才能取得小弗的信任，而即便如此有时他仍会反抗。但海伦迅速掌控了情况，他从第一天起就对她产生了信任。

🐾

现在已经过去几乎两年了，海伦早已结束了她的治疗，但我看见小弗和比利在一起时不禁想到了她。他们俩似乎也产生了那种迅速的联结和同样的信任。当比利进一步进入我们的生活时，这种信任也进一步加深了。

比利成功地度过了在家里的头一周，它开始真正地放松下来，快乐地生活。正是盛夏时节，它积极探索着我们的院子，院子里面的树和周围的灌木丛。让我们意外的是，这很快对小弗产生了影响。

小弗从未真正喜欢在院子里待着，可能是害怕这个环境，他更喜欢封闭感。这很让我和克里斯烦恼，尤其是天气很好的时候。我们喜欢这间屋子的原因之一是它离马路很远，周围有三亩的空地，包括一片漂亮的草坪。我们有一块大棉毯，克里斯会把小弗带去院子里，让他躺在毯子上，这样我们就能一起享受好天气。但小弗不愿待在那儿，他会大喊大叫，直到我们把他带回去；如果叫喊不管用，他就会自己爬回去，咚的一声坐在门廊上，去转动自己的婴儿车轮。他一如往常地决定不去做我们想要他做的事，并且愿意努力做到这一点。

在比利到来大概三周后的一个星期天傍晚，我和克里斯决定在院子里坐上一个小时。天气美妙极了，太阳透过东边一路过来的松林还能看见一点。我们坐在那里享受着珍贵的几分钟，放心地知道家里没问题：小弗在房间里看电视，八个月大的皮帕吃了东西后在楼上打盹，比利在什么地方漫步。一切都很平静，至少是我们家最平静的时候了。

我们在那才坐了一会，我就看到门廊里有人影。

"克里斯，看。"我说着轻轻地推了他一下。

小弗显然把自己从客厅里拖了出来，但他没有焦虑。事实上，他很镇定，还有点自得的样子。他在门廊坐了一会，转动着放倒的婴儿车的轮子，但同时也把脖子探出来，往院子里看。

过了几分钟，他慢慢爬到了门口，开始查看空地，然后，他叫道：

"比利，比利。"

我和克里斯相视一笑。

小弗在门廊里的视角看不见院子的全部。于是他站了起来，晃晃悠悠地走到了空地上。然后他开始往草坪和灌木丛中到处看，找寻他的伙伴。

"比利，比利你在哪?"他不时地说。

克里斯起身要去拿小弗的棉毯，但我拉住他的手，让他坐下来。

"等一下，看看会怎么样。"我说。

突然，房子边上的一块灌木丛中出现了动静，比利出现了，看起来有点湿漉漉的。它的毛上粘着树叶，似乎有点喘不上气，好像刚跑过似的。它发现了小弗，立刻朝他小跑过去。

这时，小弗已经研究出如何走下通往草坪的那一节矮矮的石阶，并且在草地上走了几米了。这已经接近他的极限，所以他跪了下来，等着他伙伴的到来。

"你好，比利。"他说。然后，他就开始低声和比利说悄悄话，这似乎是他们建立起的一种常用的秘密语言。

这时，克里斯走到小弗身边，帮他走到在草地上为他铺好的毯子上。自然地，比利跟了过来。

接下来的二十分钟，这一对伙伴靠着彼此躺在地上，在傍晚的余晖中拥抱嬉闹。

这对我们而言再幸福不过了，我们不仅得到了非常需要的休息，而且证实了过去几天里发现的事情。

小弗是个典型的对外在刺激反应强烈的孩子。如果给他一个做某事的动机，他就很可能去做。比利给了他站立来走动的动机。有那么几次，它在小弗看电视时信步走进卫生间或是厨房。而小弗没有怨言也没有反抗地站了起来，跟在他的伙伴后面走。如果我们让小弗来厨房或是卫生间，很可能是无效的，但当比利出现在那里时，对他而言就一定有有趣的事情发生，他也需要看看才行。

现在，这已经发展到小弗会跟着比利到院子里来了。

这件对于多数家长看来很小的事情，在我们眼里真是意义重大。我们倍感欣慰。

那一天，我们在院子里一直坐到太阳下山。

"你给丽兹写信确认比利要留下来了吗?"克里斯说。我们一起望向西边染上血色的天空。

"还没有。"我说。

"应该要告诉她了,是不是?"他说着握紧了我的手。

第5章 绳子不见了

8月的一个早晨，大概十点的时候，我拿起吸尘器走进小弗的房间。半小时前，我把他送到了幼儿园，而皮帕正在隔壁的客厅地毯上玩她最爱的叠叠杯，我想抓紧时间换好小弗的枕套被套，把他的房间整个清扫一遍，然后奖励自己一杯好茶。

当我走进小弗的房间，看到他的床头柜时，所有关于在上午放松一下的念头立刻消失了。

我的心沉入谷底。

"哦不，"我听到自己的声音，"他忘带绳子了。"

这一年半以来，那条红色的绳子已经成了小弗生命中重要的一部分。

很多孩子都有和自己十分亲密的物品，或是毯子，或是泰迪熊。我曾试着让小弗喜欢上这些比较正常的物品，但我给他买的所有玩具对他的吸引力都比不上这条打着结的半米长的旧鞋带。他无论到哪都带着这根绳子。

某种意义上，这是他的逃避机制。当小弗感到不安或焦虑时，他就会像甩套索一样摇这根绳子，好把身边发生的不管什么都"屏蔽"掉。这种行为显然在自闭症儿童中间很常见，有人将之称为"刺激行为"。他会站起来，把手伸到身后，然后以相当快的速度甩动这根绳子。即使我看了，都觉得像被催眠一样。我相信这对他的催眠效果一定更深，当他站在那甩动他的绳子时，周围的世界对他而言已经消失了。

这其实已经是他的第二个长条玩物了。绳子的前任是一长条塑料，他不知怎么从他的婴儿车上弄下来的，然后到哪都带着，那时他才一岁。他在阿伯丁接受评估时也带着这根塑料，这让那里的医学专家们大感兴趣。但之后，他在情感上就用这条绳子取而代之了。

我不知道这绳子是哪来的。我只知道这条绳子与他之间的联结就像胎儿时的脐带一样紧密。

这绳子有点长，当小弗刚开始拿着它玩时，我和克里斯打了好多个结，让它变得短点。小弗经常拿着这根绳子上床，我们不想他不小心用绳子绕住自己的脖子。如果说绕住脖子很吓人，那他把绳子丢了可能会更吓人。我和克里斯对此紧张得可笑，但我们却有充足的原因。一点小事就能将小弗引入狂怒之中。我不敢想象要是他找不到绳子会是怎样的崩溃。

我坐在他的床上看着这根绳子，感到惊慌在加深。**他会像炸弹一样爆炸的**，我想。

然而，过了一会，我的惊慌变成了疑惑。为什么之前他在车上的时候没有提出这一点呢？我思忖道。不知为什么，小弗不愿把绳子带进幼儿园，所以下车前他总是执着地把绳子放在车后座的一个固定地点。当他几小时后从幼儿园出来时，绳子必须在车里，在那个精确的位置。然而，今天早上他没提起绳子不见了，真是很奇怪。

我走进厨房，咔嗒一声把水壶坐上。当我边给自己沏茶边想着这件事的时候，我感到我的不安有些减弱了。

露易丝，你想想看，我对自己说，**如果他想带着这根绳子却忘了，我很快就能发现。他肯定会在车里发脾气，而我很可能得回到屋里帮他取出来。但什么也没发生。连一声嘀咕都没有。**

于是我决定不去管，等着发现他是不是用别的东西代替了这根绳子。小弗永远是不可预料的。也许他有了新的逃避机制。也许他找到了新的可以甩动的绳子。我根本无从猜起。我把这事放到了脑后，开始继续早上的清洁和其他常规事务。

我要操心的事简直没完。我们终于被提供给一个真正巴尔莫勒尔庄园里面的房子，再过几周就又要搬家了，架子上的东西要清理，打包的行李箱和纸箱出现在每个房间里。我母亲回来帮助，这真是上天的恩赐，但目前我得清理两年来积攒的垃圾，尤其是小弗房间里的。

　　我坐在那里整理着一箱一箱的玩具，我不禁摇头，感叹着我和克里斯为了吸引小弗的注意做过多少无谓的努力。

　　在小弗被正式诊断之前，我就已经研究了所有的网页，寻找适合自闭症儿童的感官玩具或其他玩具，然而任何一种都不能引起他的注意。有一段时间，我和克里斯在小弗的卧室地面上铺了一张亚麻地垫，上面画着马路，以及医院、消防站和其他的建筑物。我们的想法是小弗喜欢在地上待着，而且有很多汽车玩具，就可能会和一般的男孩子一样拿着他的玩具卡车、汽车和消防车沿着那条路行驶。但情况并非如此。我和克里斯无论何时走进去，他都是坐在那儿，把汽车底朝天地放着，转着轮子。如果不是这样，他就干脆忽略所有的玩具，挥动那条该死的绳子。这真让人沮丧。

　　再后来我就不费心买新玩具了。不是我舍不得买，而是我根本不知道什么能让他提起兴趣来。有时在外面，在附近的二手店里我看到什么有意思的小玩意的话，我会说"试试这个吧"。我毫无头绪。

也有偶然的成功。我给他买过最成功的东西是一卷"小工程师巴布"的卷尺，花了25便士。这是小弗自己发现的，在巴拉特一家二手店的处理商品桶里翻出来的。他一玩就是几小时，仅仅就是坐在那把尺子拉出来再卷进去。这种事情对小弗很有吸引力，一种能够重复的机制，一遍一遍又一遍。

但他绝大多数的玩具都是失败的。整理房间时，我看见了那盏里面有小鱼的泡泡台灯，我买来是想给小弗刺激感官的。我之前把这盏灯放在了房间的角落里，那里还有其他精致的互动玩具，都是小弗的一个治疗师推荐我买的，能帮他建立协调性、增强肌肉力量。然而他几乎意识不到这盏灯和那些玩具的存在，他也不怎么在那个角落坐着。

大概一小时后，我开车去幼儿园接小弗。我完全忘了绳子的事，他也没有提。

那天晚上我和克里斯说话的时候才又提起这件事。当我告诉克里斯我发现绳子被落在家里时，一阵绝对是恐惧的神色从他脸上闪过。那晚我们给小弗盖好被子后，都看到绳子就在今天早上的地方，在床头柜上。

那晚，我们感到疑惑，但并不太担心。毕竟在小弗的世界，我们很早就学会了要预料到各种意外。

往常我们早上走进小弗的房间时，会看到那根绳子在他的枕头上、床上或是地上，说明他前一天晚上玩过这根绳子。然而这次，第二天绳子仍然在床头柜上同样的位置，没有动过。之后的几个早晨情形也是一样。

直到周末，我和克里斯才意识到小弗一定是有了某种过渡。

"我好奇他为什么对绳子失去了兴趣。"克里斯说。

"他们说绳子和焦虑有关，可能他现在没那么焦虑了呗。"我说。

"是吗？治疗师可不是这么说的，是吧？"克里斯说。

确实。从2010年10月起，小弗已经在私立幼儿园度过了宝贵的十个月。他的治疗师推荐了能够帮助他建立沟通和人际交往的幼儿园，公立学校是不可能了，主要因为他们只接受三岁半以上的儿童。我们试图从地方理事会那里申请私立幼儿园的资助但是碰了壁，只好自己想办法。我们在巴拉特找到了一家很棒的幼儿园，允许他一周去最少的次数：两天。我和克里斯付一天的钱，克里斯的父母很慷慨地提出付另一天的钱。幼儿园的工作人员真的在用心照顾小弗，虽然小弗一如往常地有很多问题，这个安排还是很成功。最起码我每周可以有几天享受几小时的休息了。

当然，我们不能说小弗完全融入其中了。他最近的一次报告是在比利到来的几周前，来自言语治疗师玛丽的。她在学校观察了小弗，记录中写到他进步很大，虽然仍然表现出自闭症式的特点。用她的话说，他开始能说一些"像样的句子"了，但却不会用"是"或"不是"这种简单的词。当然，这一切我再熟悉不过。

更令人担心的是，她说他仍然与学校其他的孩子"疏远而孤立"，他最开心的时候是"不和别人在一起的时候"。在家里一些标志性的行为在学校里仍有体现，玛丽说小弗"兴奋的时候仍然摇头晃脑，有时也会用手捂住耳朵"。

这一切都证明克里斯是对的。小弗没有道理突然抛弃了那根绳子。他从学校出来后仍然需要"屏蔽"外界并逃离。

我们坐在那里，同时陷入沉思。这样的场景并不少见，尤其是关于小弗时。他总是带给我们很多问题去思考。

"他可能就是过了那个阶段了。"过了一会，克里斯说。

"可能吧。"我说。

"我们用逻辑想想，过去这几个月还有什么变化？"

接下来的沉默被门廊里猫洞发出的哗啦声打断了。我们立刻就知道是谁。

我们相视着，几乎同时摇了摇头。

"不可能。"克里斯冲我笑着，起身去门廊，让在暮色中游荡了几个小时的比利进屋。

"不可能就是因为它吧，可能吗？"

🐾

克里斯尽管去谨慎地进行推理好了，对我而言，比利对这个家尤其对小弗的影响已经再也不能否认了。证据已经多到无法忽视。

比利的到来恰巧是我们一家人比较忙的时候。照顾小弗是每天二十四小时的工作，而皮帕也在迅速成长中。她是个绝对的开心果，经常让我笑。她那时经常待在她最喜欢的摇椅里，而且常常睡着，一只腿伸出椅子外，一只胳膊放在身后，就好像在给《时尚》杂志摆拍封面照。我也开始带她去当地的一个学步儿童小组，她对其他的孩子深感兴趣。

我还有一件小事要安排，就是搬家。然而，不知怎么，一切都进行得井然有序，我没有感到很大压力，而在一两年前这是不可能的。

我确信，比利给小弗带来的镇定和积极的影响在这种气氛的营造中起了一定的作用。有的时候它只是吸引小弗的注意力，和他互动。其他一些更紧张的时候，它的出现似乎能减轻小弗的怒气。小弗的崩溃程度从面红耳赤的九或十渐渐降低到六。

比利对小弗的影响不止于此，下这个结论还为时尚早，但我不是一个人看到目前它已经给予小弗的影响。

我们搬家日期的前几天，我母亲从埃塞克斯北上，准备在这待一周，好帮我完成最后的打包工作，以及在即将到来的混乱中照顾孩子。一天早上，我和她在一起分着喝同一杯咖啡，这感觉像是应得的奖赏，因为我们完成了早上的常规工作。按照每天的规矩，克里斯起床给小弗送来他的麦片和切成丁的果酱吐司，这是小弗喜欢的吃法。这时小弗已经喝完了酸奶和橙汁。最后他擦好脸和手，把围嘴放好，也是他喜欢的方式。这一套流程是我们通过"试炼与恐惧"发展出来的。

这一天小弗不去幼儿园，所以他和我们在一起，和往常一样看电视、在地毯上玩。他十分满足。

我母亲坐在客厅里她最喜欢的椅子上，这椅子比我喜欢的皮质矮沙发要高而宽。小弗在房间里转来转去，一切都很平静。然而，当比利没什么理由地突然决定要坐在我母亲腿上时，一切都改变了。

我母亲很讨厌猫，这缘起于她怀孕时发生的一起意外。据说当时一只猫突然落在了她圆房顶一样的大肚子上，把她吓得魂飞魄散。自那以后她便坚定拒绝所有的猫。当比利靠近她并突然跃入空中，把爪子朝向她的腿时，结果可想而知。

这一幕仍深印在我脑海中。前一秒我母亲还穿着睡裤，双手捧着咖啡；下一秒比利就蹿到了她身上，一只前爪落在她的腿上，另一只落进了咖啡杯。

我母亲大叫起来，咖啡杯被扔到了空中，滚烫的咖啡洒了一地。

一瞬间，客厅里乱作一团。我母亲神情激动，急着擦干净所有的东西；我站了起来，烦恼着咖啡都洒到了哪儿，有没有谁被烫到。

然而，我记得最清楚的是小弗的反应。他一直坐在房间的另一侧，所以与飞洒的咖啡有一段安全的距离。我担忧他会作何反应，而他却突然发出了洪亮的大笑。

"比利在科基的咖啡里。"他接着说。

小弗管我的母亲叫"科基"，因为她总是唱那首东岸人民最爱的老歌《霍基科基》①给他听。

我和母亲交换了眼神，两人随即也爆发出笑声。

"没错，小弗。"我说。

"是的，比利在科基的咖啡里。"他又说了一遍，笑得更大声了。

只有比利对整个房间里传染开去的笑声免疫。你以为它会夹起尾巴慌张跑掉，但是它没有，根本没有。它只是躲到一个角落里，小心翼翼地舔干净身上的咖啡。

"这就是家里养宠物的好处，我想。"我母亲说，一边用厨房里的湿毛巾擦着身上。

———————————

① 原文为 *Okey Cokey*，一首配有专门舞蹈的歌曲。

"妈，这话怎么说？"我问。

"嗯，它们有时真是麻烦，但是却能让即使最凄惨的脸上露出真正的笑容。"

她说得太对了。两年前，甚至一年前，我们家的氛围一直是紧张而暴躁的。我们总是在风口浪尖上，等待着新的不可避免的崩溃降临；我们总在处理着小弗的治疗和学校生活这部传奇故事中最新的发展。真让人筋疲力尽。有的时候，小弗会吸干我体内最后一丝精力和生命。我确定我在那段时间也笑过。我不是那么没有幽默感的人！但我的印象里，家里不太出现轻松愉快的氛围。

可能我的记忆不准确，但是我那天早上回忆时，我发现自从比利到来后，我和克里斯因为它或者和它相关的事笑过好几次。

例如就在一两天前，我和克里斯正在院子里坐着，发现比利似乎在一棵树上困住了。我们都已经想象了叫消防队来解救它的场面，但还没等我们反应过来，它已经从树枝上跳下来，不知怎么落到了一间副屋的屋顶上。

"见鬼了，它是怎么做到的？"克里斯咧开嘴大笑。

而今天早上，它让每个人都笑开了。

这只猫有些特别而神奇的地方，我很高兴它来到我们的生活中。

第6章 更好的地方

2011年8月的一天，一辆货运卡车装满了我们的家具和物件，而我和克里斯把孩子们和笼子里的两只猫塞进了我们同样拥挤的车里。之后，我们一起驱车十公里从巴拉特开到了东巴尔莫勒尔这个小村庄，在巴尔莫勒尔庄园的边上。这是我们三年内第四次更换住址，只不过这次我们觉得终于找到了可以让小弗和皮帕度过整个童年的家。

一句话，庄园对我们和小弗的问题表现出了不可思议的慷慨和理解。这对于雇主来说，真是做到了极致。无论什么时候我和克里斯想要请假去医院或是处理刚刚发生的危机，他们都非常理解。当我们提出想搬到庄园里，他们又一次非常支持。他们提供给我们的是一栋两层三居室的房子。严格说来，房子坐落在人们知道的巴尔莫勒尔庄园区域，但庄园里的人都称这里为"村庄"。这周围的二十多栋房子有的现代、有的是十九世纪建造的，离我们三年前居住的门房只不过几百米的距离，然而当我们把箱子卸下车，第一次烧上水后，我们就有了家的感觉。我觉得长期内我们都不会再搬家了。

这栋房子现代而温暖，孩子们各有一间像样的卧室，还有一块小草坪，由一圈尖木桩做的矮围栏围着。我们的房子是六七个小屋之中的一个，有的邻居家里竟然也有小孩子。这真是个田园般的地方，适合孩子成长。有大片的空地可以让他们奔跑、骑车。后门边有一条小路，沿着那条路竟然还有一条小溪流过。当然，还有巴尔莫勒尔庄园里面可以漫步探索。

然而，我们在庄园的头几个礼拜没法出去散步。我们搬家的时候正是一年最忙的时间，女王正依照她8月和9月的惯例住在这里。一年中的其他时间，庄园对公众开放，由城堡提供导游。庄园里气氛很轻松，大批的游客从世界各地前来，自由地在里面散步。但女王住在这里时，闲杂人等是禁止入内的。似乎每个角落都停着黑色的路虎揽胜，站着警察和一群拿着对讲机的人。我们有一个侧门可以通行，但即使我们出入时也必须提供身份证明。

这也就意味着，克里斯比平常忙得多，要为从伦敦北上过来的王室成员们工作。他经常说，女王住在这里的两个月气氛与平常完全不同。每年其余的时间，他都怡然自得地安装新的设备，或是修理维护电器。但王室成员在这里时，他要随时等待他们的招呼。

"这是工作的一部分。"在又一天马拉松式地给王室成员修理传真机或安装临时办公室的线路之后，他带着哲学的意味耸了耸肩，说道。

在很多意义上，这是个诡异的小世界。我们就像住在泡沫里。在巴尔莫勒尔和巴拉特一带，我们说起克里斯为女王工作而我们住在庄园里，没人会眨一下眼睛。当地的很多人都和王室有联系，他们是这一带最大的雇主，和本地很多家史超过百年的家庭有关系。巴拉特的很多店铺这些年来都取得了王室认证。王室家族被认为是社区的一分子，迪赛德家族的一员。

但是当我们离开苏格兰去其他地方时，情况变了。我们每次去英格兰，朋友和家人们都要从克里斯那问出些八卦。当然，以克里斯的性格，他会假装没什么可说的。但他并非没有故事可讲，因为其实有很多故事，有的还很好笑。他只是出于专业和责任感，不愿四处散播。

很多人认为我肯定也知道很多故事。我经常提起我有多喜欢在庄园里散步，所以我猜他们会认为我每天早上都会碰到女王或爱丁堡公爵①，还会跟他们聊上一会。事实上，我和王室家族没有任何真正的接触，除了偶尔参加他们为所有工作人员举行的私人聚会。

🐾

每个人都很好地融入了新家。克里斯显然很享受每天早上多在床上躺的那几分钟，他去上班只需要几分钟，在阴暗的冬季，这真是上天的恩赐。皮帕也非常满足，很快适应了她的新卧室，被她所有最爱的玩具包围着。她现在九个月了，仍然待在婴儿床里，开心地躺着看着她的旋转床挂，一边自己咯咯笑着。

同往常一样，小弗面临着最大的挑战。他第一次住在楼上的卧室，这立刻给他带来了问题。他靠着夹板已经在走路方面取得了很大的进步，但他还是不能上下楼梯，因为脚踝上没那么大的劲。所以，如果我和克里斯不能在家里抱他上楼，他就会自己爬上去，然后会用屁股下楼，砰，砰，砰，一次一个台阶。

这件事我一直放在心里，打算一安顿下来就处理这个问题。克里斯和庄园的木匠打了招呼，请他给我们家里装上适合小弗高度的扶手，好让他进出屋子并在里面活动，尤其是

---

① 即菲利普亲王，女王的丈夫。

帮他上下楼。但是需要处理的问题太多了，这件事就显得没那么亟须解决。

第一个挑战是让小弗适应这个稍有不同的全新氛围。庄园的生活要热闹得多，即使女王不在这里的十个月也是如此。考虑到小弗对陌生人的厌恶，我知道这一定会产生问题。不过这还好是我们熟悉的问题。

当我们住在门房那里，出去散步时，小弗对把头探到他婴儿车上方的人很敏感。当然，这些人是在表示喜爱，常常对着他发出逗弄的声音，他确实是个漂亮的小孩。

但小弗不欣赏这种入侵，而且会彻底陷入疯狂。他会拒绝看那个人，不理睬那个人，并会大喊大叫起来，而且往往是竭尽全力。当他是婴儿的时候这还不明显，因为所有的新生儿都会哭叫。但随着他长大，这就越来越令人难堪，也越发难以收拾了。好几次，我都得向不知情的可怜陌生人道歉，并且尽可能快地跑回家，让小弗冷静下来。

他现在已经好一点了，但这仍是个问题。所以我仍得小心挑选带他和皮帕出去散步的时间，一般都会避开旅客的高峰期。

另一件他讨厌的事情是有人到家里来，这对小弗来说一直是个问题。例如，要是有送货司机上门送包裹，他一听到门铃响就会不高兴。多数时候，他都会站在前门和客厅之间，双手堵住耳朵大哭，因为他害怕陌生人会进来对他做一些不测的事情。

所以我总得向他确保没人会进来，不会出任何问题。有时情况很矛盾，有点像第二十二条军规：如果他很不高兴的时候，他就不愿意自己在客厅或厨房待着，只想和我在一起，这就意味着如果我要开门的话他会在我后面，也就意味着他会看到门口的人，如果他不喜欢那个人的样貌，他就会更加生气。

和他的治疗师谈到这件事时，我们猜测这可能和房子里的气氛有关。当有别人进来时，他们就改变了房子里的气氛，这对小弗真的很有影响。任何来访后他的心情都会变化，变得非常安静寡言。这种影响会持续几小时，他会不听我的话。所以我得尽可能地掌控情况，仔细地提前预警他任何可能来访的人。

公平地说，小弗在过去的十八个月里已经有了进步，因为他已经习惯了治疗师登门拜访，其中有很多健康顾问是来看皮帕的。但若是有意外来客或是任何打乱他常规的事发生，他仍会生气。在之前的房子里，尤其是巴拉特边上的房子和林间的小屋，来客很少且间隔很长，但当我们搬到庄园后，客人一下子变多了，或是周围的邻居，或是庄园的员工。

这是坏消息，而好消息当然是我们现在有比利可以让小弗镇定下来。

当我们适应了庄园的新生活后，最高兴的就是比利。巴拉特边上的老房子建立在一块较为平坦的地上，离河不远。那里也有树，但基本没有别的东西可供探索。巴尔莫勒尔自然是另一番景象，庄园建在壮观的地形之上，有着长满石楠树的荒野，及河谷和森林可以探索。

当然，比利仍然喜欢在树间嬉戏。一天，小弗在院子里的蹦床上玩，因为腿没有力气，他不能真的跳上跳下，所以他常常只是站在上面，在中间的橡胶垫上轻轻地上下晃动，手握着支撑杆平衡自己。

他站在那里，然后突然手指着上方笑了。

"我的猫在那。"他说。

我向上看，简直被吓死了：比利正在爬上一棵树，不是一棵普通的古树，非常庞大。很快，它就爬到了摇摆的树枝上，看起来足有十五米高。

"天啊，比利，你在干什么？"我大声说道。

有一两分钟，我简直动弹不得，心扑通跳着，想着它要怎么下来。我开始了漫无边际的想象，眼前出现了它摔到马路上的画面，更糟的是，它可能掉进河里被水冲走，而这一切都被小弗全程目睹。但是，这当然只是我杞人忧天。比利根本是如鱼得水。它高兴得不得了，趴在一根树枝上，向下看着小弗，就像是在守护他。我没有必要给消防队打电话。过了一会，它漫不经心地蹿下了树，然后跳了至少有五米远，落到了分配给我们的那间河边小柴火屋的屋顶上。

它飘浮在空中时我的心跳停止了一秒。"这只猫准会要了我的命。"我对自己说。

🐾

巴尔莫勒尔的景色给我们所有的人都提供了一个更好的地方，但对于比利尤其如此，它有一个新的世界可以探索，而它的确这样做了。头几周，它有时会出现在门廊，身上的毛里夹着像是小型松果一样的东西。它准是到围绕着庄园的森林里散步去了。它经常一去就是几小时，然而我们——尤其是小弗——却很少觉得它不在。

神奇的是，比利知道自己什么时候需要在岗，什么时候不用。比如，在小弗每周去巴拉特上幼儿园的两天，我连它的影子都看不见。但一大早的时候它是会在的，在小弗可能为准备出门去幼儿园感到有点焦虑的时候。之后，直到小弗回家前我们就见不到它了。它似乎知道我们回来的时间，有好几次，我们停车时都发现它在后门口站着等我们。这总是让小弗的脸上浮现大大的笑容。

"我的比利在等我。"他会说。

通常小弗睡觉时比利也在。它明白了它的出现会让小弗大为安心，于是会躺在小弗的床下，直到小弗进入梦乡。偶尔，它会整晚待在那里，但更多的时候它会悄声走下楼，或者自己去睡觉，或者从猫洞出去进入外面的黑夜。不过，它总会在我和克里斯睡觉前回来。它似乎又是知道通往外门廊的门什么时候会锁上，好让自己及时进来。

最了不起的是它似乎建立起了关于小弗的第六感。它会以某种方式知道小弗什么时候焦虑或生气，然后就像变戏法一样出现，在我们需要的时候。我们到了巴尔莫勒尔后不久的一天晚上就是个典型的例子。

自小弗还是婴儿起，给他洗澡就一直是个问题。他不喜欢泡在水里，更不喜欢泡在热水里。

我有一张他第一次洗澡的照片，你看了会觉得他是从一个滚烫的浴缸里出来的，他满脸通红，然而这不是热水造成的，而是他喊叫的结果。

稍微让他碰一下洗澡水已经很难，给他洗头则更难，那场面十分恐怖。他讨厌洗头胜过世界上任何事，放在小弗身上来说，这句话可相当意味深长。

这件事糟糕到我无法面对，尤其是忙了一整天之后。克里斯会帮忙，但即使他也无法在一周之内这样折腾一次以上。我知道小弗应该更经常洗澡，也确定有的母亲要是知道了一定会批判我。但我不怕说实话：如果她们的孩子洗澡时也是这样可怕的情况，她们绝对会和我做出同样的选择。

在小弗被正式诊断后的大概十八个月里，情况有了一点点改善，这要感谢医护人员给我们的小塑料椅，这椅子用来在洗澡时给小弗提供外部的支撑。原来又是同样的问题：压力不够。洗澡时上演的戏码部分是由于小弗就是不喜欢被控制着浸入水里，他感到缺乏安全感，而且在水里根本无法支撑自己。他拒绝自己坐直。这意味着我或者克里斯——有时是我们两个——需要在给他洗澡时一直双手把住他。塑料椅改变了这一切。当小弗有了周围的支撑感，知道自己不会滑倒，他就高兴多了。当然，当我们提出要给他洗头时，地狱般的模式就又被开启了。

他的其他爆发也是一样。一旦他进入我称之为"黑暗"的状态之中，就难拉出来。因此，如果我们提前告诉他睡前洗澡时我们会给他洗头，就可能导致他躺在地上哭喊，身体僵硬，充满恐惧。即使我们取消计划，仍然无法给他换上睡衣。有时我们甚至无法让他冷静下来上床。这一件事有可能让我们所有人陷入三小时的苦战，所以我们学会了在他洗澡之外的时间给他洗头，成功了几次。

在我们到了东巴尔莫勒尔不久后的一天晚上，我和克里斯准备好了每周一次的严酷考验。我们已经成功地让小弗进入了洗澡水，但不知怎么，场面变得一片混乱。他满脸通红，大叫着"不，不，不"和"别碰我的头发"，用手捂着自己的头。我和克里斯清楚地知道这种预兆，场面太糟了，我们面临着一次真正崩溃的前奏，十分满分的话有十一分。

"这是白忙活。"克里斯恼怒地说，我们经历了混乱的五分钟，我们除了不被小弗双手猛拍出来的水淋透几乎没做成别的什么，"我们今晚不会有进展了，我看不如让他出来吧。"

我倾向于同意他，别的不说，我想我们的邻居可能要报警了，因为在他们听起来一定像是我们在杀害一个孩子。皮帕也恼火了起来，这颇让人担心，因为她平常是那么随和。我准备去拿小弗的毛巾，然后把他抱出来，而这时我发觉浴室里有一个意外的身影。是比利。

"你在这干吗？"克里斯和我一样惊讶于见到它。据我所知，它从没进过浴室，无论是这里还是在巴拉特的老房子。

显然，它并不关心我们想什么。他只是想和他的伙伴碰面，于是很快走到了浴缸的边上。我和克里斯仍在扶住水中不停甩动的小弗，但我们稍拉开了一点距离，给比利留出地方。带着有些难以置信的心情，我们看着它站起来，把两只前爪搭在了浴缸的边上。然后，它展开了全身的高度，越过水面尽力地往前，把脸靠到了能离小弗最近的地方。

这时的小弗仍是身体僵硬。但同平常一样，比利没有被他的戏剧性表现吓退。他就像我们平时在楼下时一样，静静地靠近小弗，待在那里。

很快它就被淋透了。有那么一刻，小弗把带泡泡的洗澡水弹到了它脸上，它只好用爪子清干净。但比利一直原地不动，直到小弗开始冷静下来，并最终真的恢复了正常。

"看，比利都不介意毛被弄湿，为什么你不让我弄湿你的头发呢?"克里斯感到了一丝机遇，说道。

小弗没有说话，这对我们来说就等于是同意了。

克里斯轻轻地在小弗头上抹上了洗发水，揉出了泡，而我则同时拿起了一个塑料小水壶，准备把头发冲干净。

这是小弗最讨厌的部分。他非常害怕淋浴，于是我们改用小水壶，但即使这样也很有挑战，所以我们准备好了再次的爆发。然而，比利仍在那里，给小弗安静的安抚。

我开始用水壶冲掉洗发水，通常，这就意味着第三次世界大战的爆发。但这一次，他却让我轻轻地把泡沫冲干净了。事实上，他还进一步，把头向后仰，配合着这一操作。

如果我是个更虔诚的人，我可能要考虑唱起《哈利路亚》了。

"好了，洗完了，这不算太糟，是吧，小弗?"过了一会，克里斯手里拿着毛巾说。

我们刚把小弗从水里抱出来，给他围好毛巾，比利就悄悄走去了小弗的卧室，准备着下一阶段的程序。它和我们待得足够久，知道小弗今晚要安顿下来会比平时晚。它一定感到了，它的存在与否决定了小弗是十或十五分钟就能睡着，还是要一个小时才能睡着。

通常，我如果看到地上一排的湿爪印，还有一只湿漉漉的猫躺在小弗的羽绒被上，我肯定要不高兴，但这一次我一点都不介意。我甚至多拿了一条毛巾去卧室，好给比利全身擦干净，再抱抱它。

如果有谁值得我这么做，那就是它了。

"没有你我们可怎么办啊？"我说，宠爱地用毛巾蹭着它。

第7章 捷径

我们搬到"村庄"几周后的一个晚上，我坐在客厅里，翻看着小弗幼儿园日志上新的记录文字，这时一段话抓住了我的眼睛。

从大概一年前小弗上幼儿园起，那里的员工就坚持记日记，一方面是帮我们了解他每天都做了什么，另一方面也让我们知道他取得了哪些进步。因为搬家和适应新居这一切重大变化，我有好几周没能好好看这本日记了。

立刻吸引我注意的那条记录是上周的，8月中旬，大概是我们搬家的时候。一位助理老师记录道，小弗"从一个没有盖子的杯子里喝了水"。

我极为惊讶。对很多母亲来说，孩子从没有盖子的杯子喝水可能不是什么大事，但这足以让我从椅子上站起来。杯子对小弗来说是个吵闹的主要起因，他对杯子的要求不可思议地严格，不只是杯子的颜色和样式，还包括他喝水的方式。由于肌张力减退，他几乎拿不住任何东西，他开始试着拿杯子时，是用两只手摇摇晃晃地紧钳住杯子。为了保证他不把水洒出来，我给他的杯子加了个带吸嘴的盖子。他变得很依赖这个，自此以后就坚定地拒绝从任何没有吸嘴的容器里喝水。嗯，似乎现在不是了。

这真有意思，我想道，在给家长留下的空白处写下了评论。

我好奇地往回翻，想看看还有什么是我在最近这一段喧嚣中错过了的。通读了之前的记录，他显然在幼儿园过得很开心；日记中写着他加入了唱歌小组，在花园帮着干活，还出去进行了短途行走。这让我颇为吃惊。

但真正跃出纸面的是另一条记录，日期是6月28日，比利到来之后的一天。

"小弗从外面玩耍回来后自己洗了手。"上面写着。

这让我震惊了。

幼儿园已经习惯了小弗的很多特性，他不愿意洗手正是其中之一。自从他入园，班级的助理老师就知道要用"湿毛巾"去擦掉他手上的颜料或其他脏东西。如果他真的学会了自己洗手，那么这就是第二个意义远大的突破。

克里斯经历了劳累而漫长的一天，正在看电视上的新闻。

"克里斯，小弗在幼儿园有情况。"我说，克里斯的眉毛立刻抽动了一下。

"什么情况?"

"别担心，不是什么问题，其实正相反，"我补充道，"看看我做标记的记录。"我把本子递给他。

"嗯……挺有意思，他开始自己做一些事了，"他说，"但是他不就是这样吗? 他准备好做什么事的时候就会去做了。"

"但是你看见第一条记录的日期了吗?"我问。

"怎么了?"他说。

"那是比利来后的第二天。"

他又用那种稍带否定的眼神看着我，这种眼神现在已经变得熟悉起来。

"露易丝，这只是巧合，他们一定是在幼儿园用了什么方法。他不可能因为有了一只新猫就决定自己洗手。"

我忍住不作声。我根本不可能试着去证明这一点，更不可能解释这一点。但我身体中的每一个直觉都告诉我这之间是有关联的。

小弗接下来几天不用去幼儿园，但我决定去和园长凯丝聊一聊，看她是否注意到了过去几周小弗的变化。

凯丝非常帮助我们，事实上，如果没有她，我都不知道小弗的教育该怎么办。

在小弗刚被诊断的那些黑暗日子里，我们不太确定他该去哪里上学。根据诊断情况，我们得到的建议是，最适合他的地方是阿博因的一个学校，那里被称为行为、心理、生理有问题或障碍的孩子的"基地"。小弗已经到了可以上幼儿园的年龄，于是我们参观了那个地方。我们对学校没什么意见，那里的设施颇为完善，但我们就是觉得不适合小弗。首先，往返那里需要每天开车一个多小时，二十六公里路。更主要的是，至少在我看来这个基地对小弗来说太安静了。他需要环境中的刺激和很多的活动。问题是，其他的学校并不具有专为自闭症儿童准备的设备。我们曾短暂考虑过搬到离斯通黑文镇①更近的地方，那里有北苏格兰唯一一家提供特殊教育的中学。

但折腾得这么厉害并不合理。克里斯可能得重新找工作，我们还得买一个新的房子，要做的太多了。

但阴差阳错地，小弗要到五岁半才能上学。学校新生生日截止到2月28日，而托了我漫长产程的福，他出生的时间是3月1日，晚了一天。于是我们等于多了一年来考虑他接受公立教育的问题。然而同时，我们得先给他找个幼儿园。

我和克里斯参观了各种学校，其中包括私立学校。让我

---

① 在阿伯丁郊外。

们高兴的是，我们在巴拉特找到了最好的一家。

这家幼儿园不仅离我们当时住的地方很近，而且很"懂"小弗。这在很大程度上要归功于凯丝，她在小弗入校后很快来到了这里。

她有个十五岁的儿子，在五岁时被诊断为自闭症。我给她讲了一下小弗和他那些小怪癖，很多在她听来都深有同感。例如，我们出去在马路上走时，小弗喜欢说出路过的汽车的颜色。

"我儿子也是。再过不久小弗就会念车的品牌。"她告诉我。这现在已经成真了。

她有这么丰富的处理自闭症的经验，这意味着她可以未雨绸缪地应对小弗的一些情况。比如，她知道小弗很可能会把自己和其他孩子割裂开来，就在幼儿园准备了一个"安静角"，当小弗感到受不了时就可以去那里。她在那里布置了书和陀螺。小弗常常把那里当成避难所。

🐾

当我读完日记中的内容几天后去找凯丝时，她微笑着。

"我们都非常高兴。不知怎么，他在花园里玩得乱七八糟的，然后进了班里就直奔水龙头去了。"她谈起洗手的事。

"真的?"我说，有点不敢相信他能自己打开水龙头。因为他的肌张力的情况使他很虚弱，我以为他没有足够的力气。

"他擦了香皂，然后洗了手，还自己烘干了。"她说，"他也没那么经常去安静角了，应该说我有好几周没见他坐在那里了。"

"什么时候开始的?"我问。

"大概六个礼拜前，事实上和他开始洗手大概是同时。"她答道。

我忍不住发问了。

"他提过他的猫吗?"我说。

"比利吗?"凯丝说，"我的天啊，他整天都在谈，'比利会爬树''比利落到了外婆的咖啡里''比利可淘气了'。他总是在给我们讲比利做了什么，我们都被比利迷住了。"她笑着说。

这对我就够了。我已经得到了足够的确认。我知道可能没人会同意我，但是不管到底如何解释，我都兴高采烈地回了家。情况正在变化，而且是往好的方向。

当然，从比利身上受益的不只有小弗、克里斯和我。他为家里新带来的平和气氛也帮助了我照顾正在迅速成长的皮帕。

在很多方面，皮帕都与小弗大相径庭，但她的出生却几乎同样具有戏剧性。

当我2010年再次怀孕时，我们很开心。但我们的脑海深处难免会有一个问号：我们会再生一个自闭症的孩子吗？根据有些人的调查，据说如果你有了一个自闭症儿童，那么再生一个的概率要高得多，达到了二十分之一，而通常的概率是五千分之一。

所以当我怀孕二十二周时我们做了一次扫描，看看孩子的性别。如果我们又有了一个男孩，那我们就要做好自闭症的准备，因为这在男孩中比女孩常见得多。我们并不害怕，我们只是想尽量做好准备，尤其是想到我们和小弗经历的一切。

我和克里斯去到阿伯丁，准备好了迎接一切可能性。结果，我们发现我怀的是女孩，这让我们很高兴，既有一个男孩又有一个女孩非常理想，同时也大大降低了风险。

我和医生商量好了，由于生小弗的经历，我决定剖宫产。预产期是2010年的11月24日，但我的子痫前期症状很严重，甚至比小弗那时还糟，这让事情变得很复杂。加重我痛苦的是医疗团队试了六次才成功的硬脊膜外麻醉。因此，本应相对顺利的生产过程再次成了一出戏。

听说生完后我几乎不行了。前一刻我还在抱着皮帕，下一刻我就开始呕吐、抽搐。我的血压急速升高，以致一个急救小组推着心肺复苏车赶来了，就像《急诊室的故事》里那种。

我记得我问了其中一个护士："我有事吗？"

"我也不知道。"她答道，这是个让人担心的答案。当然，前提是我意识清醒的话，然而我不是。

他们给我扎针，连上了各种各样的药物袋，很快，我就看起来像个针垫一样。可怜的克里斯只能一边抱着皮帕，一边看着这一切。

当然，按小弗的惯例，在他的妹妹出生时，他正处于一场自己的戏剧场面的中心。我母亲来到这里帮忙照看他，独自和他在巴拉特外头的那房子里。我剖宫产的当天，她在门廊的正门处接应一名快递员，门打开后没有关。小弗对快递员感到很不高兴，就关了门，把她锁在了外面。更糟的是，冬雪决定在那一天降临，地上已经积了十五厘米的雪。我母亲被留在那里，穿着拖鞋站在一场暴风雪中。所有其他的门和窗都锁上了，她陷入了可怕的境地之中。

极为侥幸的是，另一辆货车经过了房子。她拦下了这辆车，让司机踹开了门。唯一的安慰是小弗一直坐在客厅里看电视，没有注意到这展开的一出戏。

当克里斯打电话通知皮帕的出生时，我母亲刚回到屋里十分钟，仍在努力从这场试炼中恢复过来。

"她听上去不是很激动。"他回到产房后对我说。

我们直到回家才发现为什么。

皮帕出生的匆忙之中，我们的主要顾虑之一是小弗会不喜欢他的小妹妹。但这一顾虑很快消除了。

当我终于可以从医院出来，赶在雪真正变大之前回了家后，小弗的表现说实话是无动于衷。他倒是真的很高兴看到我，因为这是我们第一次分开——这让我心里很暖，因为在那之前他几乎不会表现出感情——但他对皮帕显得一如平常。他到她的婴儿床边看了一眼，但几分钟后就晃走了。

这种感觉是双向的。皮帕那么安静随和，她即使在小弗崩溃时也能睡着。

对我而言，皮帕是一个礼物。她与小弗简直天差地别。她几乎不哭，事实上她安静得让我们担心她为什么不出声。当她想要喝奶或是换尿布时，她会发出我称为啜泣一样的声音，和小弗的哭喊比起来，简直就是天堂之音。

但我知道她同样需要照顾和关爱，于是我经常叹息不得不把如此之多的时间奉献给小弗。

毫无疑问，比利为我解放出了一些时间给皮帕。当我坐着，思考这件事时，我发现它帮了我们很多忙。

🐾

幼儿园的突破又使我心中产生新一轮的决心。"趁热打铁，露易丝。"我对自己说。

当时让我异常烦恼的一件事是已经困扰我们多年的东

西：小弗的奶嘴。

当然，孩子对奶嘴有依赖没什么特别反常的，用现在流行的话说这叫安抚奶嘴。反常的是小弗长时间地一直执迷于奶嘴，而且必须严格地要他使用的那种特定的奶嘴。那是汤美天地产的一种简单奶嘴。如果我没有拿对奶嘴——或更糟，试着从他嘴里拔出奶嘴——就等着悲痛降临吧。

这已经困扰了我很久。别的且不说，这很让人难堪。他刚上幼儿园的时候就在用奶嘴，而现在仍然在感到压力的时候想要把奶嘴放进嘴里。幼儿园的工作人员很理解，但是在巴拉特那里却不尽然。

比如，那之前的一年，这在我们购物的时候引发了一场事故。

和小弗去买东西从来不轻松。即使去巴拉特最小的食品店都是件大事，我们过去尽量避免着这样做。

我们去的那家店很小，所有东西都挤在一起，使得婴儿车很难在过道上行走。小弗会在这里感到幽闭恐惧，几乎每次都哭。恰巧，这一天他没有哭，一部分是因为他含着他的奶嘴。我心里很高兴，想着我们可以进商店然后出来，不闹出任何事来，这时一个老头走过我们身边，发出啧啧的声音。这并不少见，我带着小弗在外面时经常遇到发出啧啧声或是皱眉的人。人们觉得他太大了，不该在婴儿车里，不该咬着奶嘴，不该总这么哭。如果我见到一个否定的眼神就能得到一块钱，我都已经是个富人了。然而，接下来发生的事绝非寻常。那老头在我们之前到了收银台，刚结好了账。

毫无征兆地，他回头说道："你不需要那个，你不需要奶嘴。"然后他俯下身把奶嘴从小弗嘴里就那么拿了出来。

收银台的女士目瞪口呆。我也目瞪口呆。他到底怎么想的？有那么短暂的一秒，我僵住了。那个人把奶嘴放在了收银台上，蹒跚地出了门。那位女士把它拿了起来，抱歉地耸耸肩，还给了我。当然，已经太晚了。伤害已经造成。

小弗彻底爆发了。他在短短两秒钟内，从怒气表的零升到了九十。他的喊叫迅速招致了其他顾客极为厌恶的表情，我只好放弃选好的商品，匆忙回到车上，用十分钟让他平静下来，向他保证那个人不是有意要气他。这件事让我很生气，让我有一阵子杜绝去巴拉特买东西。这也是为什么我们现在去购物时，克里斯会跟着，留在车里照看小弗。我实在受不了那些恶意的眼光和啧啧声了。

这已经够糟了，然而奶嘴问题在我们搬到巴尔莫勒尔的"村庄"的几个星期前演变成了真正的危机。一天早上，我从一包新买的奶嘴里拿出了一个，放进了小弗的嘴里。

我刚这样做完，他就像大炮发射炮弹一样把奶嘴吐了出来。奶嘴飞过了厨房，落在地上。然后他就开始喊叫起来。

"这又是怎么一回事？"我跟克里斯说，他正在喝完上班前的一杯茶。

他只是耸了耸肩，摆出一张"不知道"的面孔。

我是从新盒子里拿出的奶嘴，可能这批货有什么问题，我想。我知道橱柜里什么地方放着一盒以前的，于是从那里拿出了一个奶嘴放进小弗嘴里。这让他很奇怪地缓和下来了。

我泡了一杯茶，然后坐下来比较这两个奶嘴。这样的时刻让我不禁一直在想，我的生活是多么荒谬。我在这里仔细观察着两只婴儿奶嘴之间的差别，就像是一个艺术品商人在鉴别一幅早期绘画大师的肖像画作品。我感觉很傻，而更荒谬的是，我根本不知道不同在哪里。

尽管很努力，我看不出任何的区别，然而正当我要放弃时，我注意到了一个很小的，几乎感觉不到的差别：橡胶乳头的边缘多了一圈凸起。

"我的天啊，他们把它改变了。"我对自己说。

"他们把这该死的奶嘴弄得不一样了，小弗发现了区别。"我对克里斯说，他一定觉得自己和一个疯子住在一起。

克里斯不相信地看着我。

"他怎么可能会发现区别？"

"我不知道，克里斯，但他就是发现了。"我急匆匆地开始翻找橱柜，伴随着新一轮的恐慌。

"哦，不。"我说，我发现旧款的只有一盒了。

这只够用几天的，考虑到小弗如果觉得哪个奶嘴样子不好看就不会接受，这最多够用一周。我需要囤积一些老款的奶嘴。尽快。

那天早上我开始发邮件，里面用词之详细，再加上偶尔出现的神经质般的大写字母，在一般的人看来绝对是疯了的表现。幸运的是，收信的人们知道这是和小弗有关的邮件，因此它们并不比我这几年发过的其他邮件更疯狂。

我写给了克里斯的母亲和我在埃塞克斯的亲戚们，请他们洗劫所有商店、网站和其他能想到的地方，去买老款的汤美天地奶嘴，"不是新的升级版"！！！

要感谢的是，他们都答应了，不仅如此，他们还以稳定的速度给我们发来了奶嘴。但我知道这只能维持一小段时间。老款的奶嘴已经停产，我们的存货最终会用完的。这块阴云笼罩着我们，像一个已经倒数的定时炸弹，而最终我们用完奶嘴时的爆炸是不可避免的。

现在，按我的估算，我们距离那个时刻只剩几周了，于是我决定采取行动。考虑到比利到来后小弗在幼儿园发生的事，和家里取得的进步，我觉得此时出击是正确的。时间紧迫，而且我再也受不了别人的啧啧声和那种好像在说"你是个糟糕的母亲"的眼神了。

于是，在和凯丝讨论小弗的进步的第二天，我决定做一件多数人大概都会觉得极端的事。我等到了上午，小弗稳坐在前屋看电视的时候。我打开了厨房的柜子，把我用来装奶嘴的那只大塑料箱拿出来，放在了桌子上。我拿出了厨房用的大剪子，开始剪断奶嘴上的橡皮奶头。这有种奇怪的爽快感。剪掉第一个时感觉很好，剪掉最后一个时感觉甚至更好。

当小弗和比利一起到厨房来喝他惯常的日间饮料时，我鼓起勇气，说出了前一天晚上脑中不断练习的台词。

"真的很抱歉，小弗，但是奶嘴都坏了。"我说，拿起一只被剪坏的奶嘴。

他迷惑地看着我。我能看出他已经在脑中策划起什么了，但如同往常，我不知道这些主意是什么，也不知道它们将激发怎样的反应。

我让自己坚强起来，以防他把房子喊倒。但现场只有一片沉寂，大概继续了几分钟。

我不敢说话，我感到需要让小弗消化这个过程，我才有成功的可能。过了一会儿，他只是耸耸肩，转向他的朋友——坐在厨房地上的比利——说："天啊，比利，奶嘴都坏了。"

然后，他拿着他的零食和饮料，脚跟一转，朝客厅走回去。我不知道该笑还是哭，我感觉非常得意，就像赢了一块奥运金牌。

我知道我需要巩固这一成果，于是在晚上又重复了一遍这个过程。我又一次制造了一个没有奶头的奶嘴，而小弗又一次看着它，皱了皱眉走开了。

不到两天，他就不再要奶嘴了。这一反应如此惊人，我们便连晚上也不让他含奶嘴了，而这是他几年来的习惯。

当现在我回忆起那一刻时，我真的哭了。我知道这听起来很傻，但这对我们来说真是件大事。

我毫不怀疑是什么促成了这一切，克里斯可以尽管撇嘴抬眉毛，比利就是以某种方式改变了小弗。证据不容辩驳，我感觉即使拿着它们上法庭都是可以赢官司的。比利到来前的世界和到来后的世界完全不同。在它到来之前，每件事都是麻烦，每件事都是闹剧。但比利来后，一切不再永远都那么麻烦了。几年来，达到每一个里程碑都是一场战斗，忽然间，我们轻易地达成了这些目标，没有真正的闹剧出现。

真是不可思议。奶嘴事件是个极佳的事例。不久前，我还疲于奔命地在全国寻找着对的奶嘴。那根红色的绳子也是同样的情况。

现在我清楚，帮助小弗建立安全感的那些道具开始退场了。先是他的红绳子，然后是奶嘴，逐渐地，他本来需要来让他感觉安全的东西已经变得不再是必需品了。它们变得不必要是因为他有了比利。

我不是要说它有超能力之类的蠢话。比利不是真的亲自拔掉了奶嘴，但在我心中，毫无疑问，它让小弗能够冷静而放松地意识到，事情没什么大不了的。我不知道它是怎么做到的，但它就是做到了。我对此感激不尽。

第8章　擅离职守

2011年的深秋，夜晚已经开始变长，有了冬夜的感觉。这一晚，外面漆黑一片，狂风大作，窗户缝间发出女鬼般的嘘声。

"你最后一次看到比利是什么时候?"克里斯一边问一边锁上后门，并关上了卫生间的灯，而比利通常是睡在那里的。

"下午之后就没见过，"我说，"小弗从幼儿园回来后它和他玩了一会儿，但是傍晚就不在了，想起来有些奇怪。"

"嗯……这么晚还在外面不像它啊，尤其是这种天气。"克里斯边说，边去查看房子前面的门廊，比利会在那里从门上的猫洞进屋。

我们交换了一个彼此迅速理解的眼神。

克里斯又点亮了卫生间的灯，打开了后门，伸出脑袋去看后花园。

"比利!"他喊道，然而没用。树林间呼啸而过的风声吞没了一切。

"露易丝，你去睡觉吧。"他拿着外衣和手电筒说，"我打算出去看看。"

当他踏进黑夜，我的脑中立刻涌现了许多念头，没有一个是好的。

比利在很多方面都是个谜。一方面，他在家里是如此可爱的让人想抱抱的生物，但是它也是一个喜欢漫游乡间的自由灵魂，尤其是在巴尔莫勒尔。搬到这里后，它出去的时间比在之前的房子时多得多。原因很明显：庄园和里面的野生动植物提供了丰富的选择。人们总是乐于忘记猫的本质是捕食者。它们的基因决定了它们会在外面寻找猎物。比利几乎会把自己捉到的东西都吃掉，但它仍然养成了把猎物的碎片带回家的习惯。

我们搬到巴尔莫勒尔的几个月之内，比利带回过老鼠、鼹鼠和田鼠，克里斯很确定它也会去追逐林子里的幼兔。庄园的管理员把它们当成害虫，朝它们开枪，所以它们是最容易捉到的猎物。

比利这一捕猎习惯的成果并非赏心悦目。

就在上周，它叼着一只鸟出现在屋前的门廊上。我带孩子们去参加了卡拉西当地的学步儿童小组，那里离巴尔莫勒尔不远。就在准备踏进门廊时，我看到了它和那只可怜的小鸟。我把孩子们领进了仓库，又从后门出来。小弗不会理解他看到的，而且几乎肯定会生气的。我给克里斯打了电话，问他能不能回家一趟，在我们回来之前把证据处理掉。

我自己对于猫的捕猎本能有着复杂的看法。部分的我认为应该把它们限制在住宅区，就像世界上有的地方那样；而另一部分的我接受这只是简单的丛林法则。然而，就在此刻，我得承认动物伦理不是我首要考虑的事情。老实说，我不在乎它是否带回家一只死老鼠，我只想要它安然无恙地回家。

我知道克里斯在外面找它的时候我去睡觉是没有意义的，我不可能睡得着。于是我烧了热水，给自己沏了一杯可可。我站在那里喝着饮料，盯着外面的一团漆黑。失去比利这个念头太可怕了，我不敢去想。

当然，比利是我担心的重要部分。我已经非常喜欢它了，我真的很担心他会发生什么。但是说实话，我最担心的是如果比利走丢了对小弗会有怎样的影响。他们两个如此亲密，已经成了形影不离的灵魂伙伴。我怎么能告诉他这个伤心的消息呢？他会怎么反应？他能承受得住吗？我的头简直快要炸开，就在这时，克里斯回来了。但从他的肢体动作，我看出他没有走运。

"没看见?"我问。

"没有。"他摇摇头说。

"我绕着花园转了一圈,把头探进柴火屋里看了看。我之前见过它在那闻来闻去,觉得可以试着找找。外面太黑了。我们只能等到早上,希望它能出现。"他说。

"但如果它没回来我们怎么办?"我说,努力不让声音颤抖。

"我们就等到早上吧。我确定它会出现的。"他说着拥抱了我,这足以引出我的泪水。

因为比利的捕猎习惯,我们现在习惯把通往门廊的门锁上,以防它带着死掉的动物进来。如果他从外门的猫洞进来,就只能睡在那里了。那儿足够暖和,即使在这样一个狂风大作的夜晚。

我们迈着沉重的步伐上了楼,几乎没说话,彼此都知道我们今晚不太会睡得着,因为我们等着那传递消息的猫洞响声。其实我们很可能根本听不见,因为外面的风正呼啸得越来越响。

我们俩睡得断断续续,克里斯至少起来了两次去楼下查看,但是没有比利的身影。

因为比利对户外的兴趣与日俱增,我们就提醒小弗有时它可能会比平常出去的时间要久。我们告诉他比利出门了,他就会接受这个情况。我们猜想,或许在他的脑袋里,这是一种日常行为，就像爸爸去上班一样。

"它很快就会回家的。"克里斯第二天早上又重复着同样的话。

我不敢去看小弗。我愁肠百结。我只希望克里斯是对的。

🐾

比利以前也在晚上出去过，但从未擅离职守地彻夜不归。它总是在我们锁门之前就回家，因此我真的很担心发生了什么坏事。

如同往常，我又开始折磨自己：*我们为什么没把它锁在家里，或者给他戴一个发光的项圈？* 我想着。但我知道那其实没有用。那是住在镇上或城里的方法，我们居住的环境不是那样，而是苏格兰一个遥远的荒野。

我不禁开始排查它可能遇到的情况的各种假设。在国内别的地方，汽车是引起事故性死亡的最大原因，但在这里不是。比利不太可能跟陌生人走了，即使可能，路上的人也非常少。它更不可能被另外的动物伤害或者袭击，况且这儿也没有很多危险的生物。巴尔莫勒尔是多种生物重要的栖息地和居住地，从马鹿到红松鼠，还有各类的鸟，包括红松鸡和黑松鸡，以及它们的一个叫雷鸟的稀有亲属。它们几乎没有把猫当作猎物的，至少据我所知。

我越去想，越觉得无助。于是我决定至少先采取些行动。我不能坐着干等。

小弗那天上午不用去幼儿园，于是收拾好了早餐的餐具后，我决定带着他和皮帕到庄园里逛一圈。到了九点，风开始变弱了，天空中甚至出现了几丝淡蓝色。看起来，我们似乎可以惬意地度过半天，于是我把他们俩放进双人婴儿车里出发了。我总得做点什么，而且谁知道呢，搞不好我会发现比利在别人家里待着，或者和我知道的庄园里面别的猫在玩呢。

一踏上贯穿庄园的那条路，我就看到了几个邻居。

"我想你们应该没看到我家的猫吧？"我问其中一人，试着压低声音，以免小弗觉察。

"那只灰色的总在树上的吗？"他说，"没看到，但我会留意的。"

我围紧了围巾，盖好了婴儿车遮布，扣好扣子，朝着庄园的主建筑出发了。

我喜欢围着庄园散步。在之前的黑暗日子里，当我疲于应对小弗时，这是少数几样让我能保持理智的事情。把孩子们塞进婴儿车里闲逛一圈，不管季节如何，都是逃离的好方法。庄园和里面的树林花园不管夏天冬天都一样漂亮，事实上，在雪中漫步庄园是一年之中的亮点时刻。空气如此清新干净，你会觉得每次呼吸都注入了正能量。

我推着车经过了为维多利亚女王最爱的约翰·布朗①建造的房子，现在这里是庄园的管家住的地方。这里可以俯瞰王室家族有时打球的高尔夫球场。这个年尾的时节已经不会有人出来了，我搜查了一遍草地和沙坑，寻找着比利。我知道它不会在那里，但此时的我已经越发不顾一切了。"你到底在什么鬼地方，比利?"我不断碎碎念着。

从这里走十分钟就到了庄园的城堡所在之处。比利可以逃去的地方太多了，这样寻找简直荒诞，犹如大海捞针。

我最喜欢的地点之一是花园别墅，维多利亚女王过去很爱在这里停留。这是个可爱的小石头房，坐落在有围墙的花园旁边的草地上。小弗很喜欢花园，尤其是当我带着他穿过玫瑰花拱门，进去看温室的时候。我又走过了别墅和温室，希望在绿色中看到灰色的身影，但我没能走运。

我在爱丁堡公爵几年前建造的一公顷多的菜园里也找了一遍，王室家族成员在庄园居住时，这里为他们提供蔬菜。仍然，没有比利的影子。

大概一个小时后，我已经走遍了庄园的大部分区域。我们沿途看到了几个园丁和日常维护工人，但我们没抽到一张中奖的签。

我知道孩子们很快就要抱怨了，于是朝家往回走。我昨

①约翰·布朗（1826—1883），维多利亚女王在苏格兰的私人男仆。

晚愁肠拧得更紧了。我真的开始担心最坏的情况了。

是小弗先发现了它。

"妈咪，比利回来了。"他说，我们正走到庄园边上的头几个小屋。

"是吗？它在哪？"我问。

"在那，看。"小弗说着猛地伸出一根手指，指向围栏的方向。

我的视力不如他好，所以费了一番劲才找到比利。毫无疑问，比利就在那儿，在前门旁边的围栏上站着。它就像在等我们。

这听起来很疯狂，但我真的感觉全世界的重量从我肩上卸下了。我差一点就要哭出来了。但我不想让孩子们觉得出了什么麻烦，所以我只是镇定地推着婴儿车加快脚步。

比利被泥水淋了一身，但没有明显的伤口或抓痕。事实上，它看上去相当怡然自得。当我走到门口，它弓起背，看了我们一眼，好像在说："你们在折腾什么呀。"

我想对它说："你不知道我有多担心你。"但我不想惊扰孩子们。

"小弗，看，我和你说它今天上午晚点儿就会回来的。"我这样说道。

进了屋子里，我看到比利的毛就像挂满了发卷，我想那肯定是蓟或者某种小松果，这说明它跑得挺远，可能到了城堡上面的荒地，我知道那里有浓密的松树林。在那里可能它找到了遮蔽，决定花一晚上安全度过风暴。天知道它经历了什么。我永远不会知道。但老实说，到了这个时候我已经不怎么在意。

给孩子们做了些吃的后，我决定给比利洗个澡。它并不太喜欢洗澡。小弗加入进来，拿着淋浴喷头给比利浇水，并责怪比利不好好坐着，比利扭着身子躲开直接洒向它的水流，这让我觉得颇有讽刺意味。

当比利钻进我为它准备好的毛巾时，它很高兴终于解脱了。

"不要再这样对我们了，比利。"我悄悄说，用毛巾擦干了它的毛，让它从我手上跳了下去。

当然，我知道，即使它能听懂我的话，也肯定没有听进去。

第9章 台阶

当人们说起"人类最好的朋友",通常指的是狗。我理解为什么,我自己也接触过、喜欢过很多只狗。然而,当小弗和比利的友谊发展加深,我开始发现猫没有得到同样的评价是多么不公平。因为显然,它们也配得起这个称呼。

我每天只需要走进客厅,看到小弗和比利在一起,就能够确认人类和猫之间的感情也是可以很特殊的。

实话说,这已经让人难以置信了。他们之间的联结比我预想的要深厚得多。没错,我希望比利能成为和小弗玩耍的伙伴,但它已经远远超越了可以一起在地毯上打滚的有趣的毛球。它不仅能引起小弗的注意,而且可以让他一次集中几个小时。从未有什么东西能这样吸引他的注意,甚至洗衣机也不行。有的时候,他们把自己关在两人的小世界里,小弗嘟哝着一些不连贯的话。他们就像有自己的秘密语言。

比利还给小弗提供了很多其他重要的事物：忠诚、稳定、安心、鼓励和安全感。它还常常是字面意义上的小弗可以依靠的肩膀。

几周过去了，几个月过去了，比利也成了我们最好的朋友。我和克里斯觉得在每天与小弗的脾气斗争中，我们有了新的战友。在我们适应新家生活的过程中，这给了我从未有过的信心和力量。现在有比利在身边，我觉得似乎可以进行一些以前不敢直面的战斗了。

面临的战斗太多，有时我感觉不堪重负。让小弗学会正常地走路，让小弗学会用便盆，让小弗学会用刀叉，这个列表可以永无止境地列下去。在比利到来之前，我连试都不太敢试，更别说取得多少成果了。但我现在感觉不同了。

于是，在成功解决了奶嘴问题之后的几周里，我决定挑战另一个长久以来的难题：楼梯。

这么做有充足的理由。小弗将会接受上门的动作和运动能力的评估，这是他正进行的物理治疗的一部分。他在别的方面已经取得了很大进步，这主要得感谢海伦和腿部夹板。它们大大地帮他取得了平衡，让他能够站稳。

但楼梯仍是个问题区域，部分是因为以前他从未和楼梯打过交道。这是第一个他睡在楼上的房子，除了在克里斯的父母家。我的父母住在平房里。

所以，目前的情况是要么小弗自己爬到卧室去，要么我和克里斯把他抱上去。这种安排不能让人满意，原因很多，重要的一条是小弗已经越来越沉了。如果克里斯不在，只好我自己抱他上楼的时候，我经常在楼梯顶感到喘不上气。

海伦不再治疗小弗了，新的物理治疗师是一位叫作琳赛的女士。她12月会过来，大概圣诞节两周之前，于是11月中旬，我决定是时候——打个比方——抓紧"提升"小弗了。

我们要做的第一件事就是安装好加装的扶手，在请求了管家的同意可以改装房子后，我们请来了庄园的工匠迈克。他从外面的台阶开始安装金属管子做的扶手。然后，他花了一天时间在屋里把扶手安装得非常精致，扶手是木制的，孩子的小手握起来正好。

几乎是一装完，我就鼓励小弗使用这新的设备。在他不上幼儿园的日子，我会花半小时站在往上爬的楼梯中间的转角处，从楼下到那儿大概有六七级台阶。

"来，我们看看你能不能靠扶手上楼梯到我这里来。"我会说。

然后在他开始爬上这段小楼梯时，我就会给他鼓掌喝彩。

自然，这是做不到按部就班的。有的时候他直截了当地表明连一级也不愿意走；还有的时候他可能走了一两级，接着就爬上来；还有的时候他会靠着墙，用手撑着台阶滑上来。但有时，他就会举起手、抓住扶手，一步一步地把自己拉上来。

"做得好，小弗。"他每次成功我都会说。

我看得出这个过程需要时间和很多次练习，但我有信心我们可以做到。

他在屋子外面的大水泥台阶上比较快取得了成功。当小弗从幼儿园回来，以及跟我们去购物或看医生回来时，我就让他靠扶手走到台阶上面。一开始，他会靠在墙上，或是一只手支撑着台阶让自己取得平衡。但试了十几次后，他很快就能通过扶手顺利登上这个台阶了。

每次我为他鼓掌时，他都显得对自己很高兴。这时他常常会去看比利，而比利也无一例外地在旁边。

"比利，小弗爬上了台阶。"他会说。

我事先提醒了他会有治疗师来看他，让他走楼梯。因此，当琳赛在一个冷得要命的12月早上到来时，他已经做好了准备。

我给小弗穿得暖暖和和的，好到外面进行测试。没有扶手的地方他走得很困难，不是扶着墙就是扶着我才能站稳，然而，到了用扶手走路的地方，他出色地完成了。

"很好，小弗。"当他轻松地抓着扶手走上台阶时，琳赛说。

他很高兴，给了我一个大大的灿烂微笑。

里面的楼梯就没那么成功了。当琳赛让他不靠扶手上下楼时，他或者是紧紧靠着墙，或者是爬上来然后打着屁股墩儿下来。有一回他确实在最后两级是走下去的，但那是因为琳赛伸出了手去帮他。

用扶手时他的进展好一些。他成功走到了楼梯转角，左手抓着扶手，右手扶着面前的楼梯来取得平衡。然而虽然琳赛鼓励着他，他每次还是用屁股下来。

琳赛说她会在新年写好报告，然后1月再来看看他进步如何。

"我确定他到时候会进步很大的。"她说。

🐾

圣诞节悄悄地来了又走了，对我们而言一向如此。不知为什么，小弗从来不真正在意圣诞节。不像大多数的孩子会在12月24日让自己陷入疯狂，他只是普通地度过这一天。

这是我们和他共度的第四个圣诞节，我本希望今年能有所不同，但并没有。他的幼儿园演了一出讲耶稣降生的舞台剧，还有颂歌表演和圣诞老人。他也参加了庄园为员工的孩子们特地举办的派对，在那里和其他的小男孩小女孩一样得到了来自女王的礼物。他很喜欢这个礼物，是一只小熊，挤它的肚子就会唱歌。但这也没让他真的兴奋起来。

作为家长，我感到很不开心，因为这又提醒了我他和别人不一样。可能出于自私，我一直幻想着做别的家长做的那些事：包装礼物，搭圣诞树，装饰圣诞树，在圣诞前夕给圣诞老人留点东西。这些我们都做了，然而小弗几乎注意不到。他对待圣诞节基本和别的日子一样。他不太喜欢改变他的常规。

当然，不光是小弗，皮帕也是个问题。虽然她还太小，不会享受圣诞节，但我们仍然给她买了很多礼物，而且她似乎真的很喜欢圣诞树和上面的装饰。

过圣诞对我们而言相当困难的标志，是我们只在家里过了一次，还是因为外面的大雪困住了我们。我们之前一次是在克里斯的母亲家过的，另一次是南下在埃塞克斯和我母亲过的。但我们今年不打算南下了，一部分是因为我们无法面对和小弗一起的十一个小时的车程，一部分是因为我们今年该和克里斯的母亲一起过节了。而且，我内心深处不想让小弗和比利分开太久。

我们为两只猫准备了一个应急计划：我们的邻居桑迪和茜拉同意到我们家里来给它们喂食，看看它们是不是还好。他们有个小孙子默里，他很喜欢猫，所以可以帮助他们。

圣诞节早上我们准备出发时，小弗关心的是摆放好比利的所有东西，而不是他的礼物。

他拿出一个碗给它装食物，又拿出一个盘子给它装水。然后他用了十分钟向比利解释他要去奶奶家。他告诉比利茜拉、桑迪和默里会过来看它的。

"默里会和你玩的。"他抚摸着比利说。

这有点夸张了，因为我们这天晚上就会回来，但这些都值了，因为这能保证小弗的心情平静。他一路上以及到了克里斯母亲家后都没有担心比利。他明确地知道比利要做什么，谁会来看它，在他的头脑中，这说明一切都很好。这真让人开心。

🐾

当我们过完"除夕"①——其实我直到现在还是叫新年——回到常规生活中后，我继续试着帮助小弗上楼梯。唯一的区别是，我现在有了一个我自己没意识到的助手。

1月初的一天上午，我发现比利待在楼梯转角，就在几个小时前我鼓励小弗的相同位置。

我以前从未见过它待在那里。如果它要是想上楼打盹，一般就会直接到小弗的卧室里；要么就是在楼下的储藏室或客厅。一开始，我并没多想。

第二天，我在厨房听见小弗在叫它的名字。

———————

① 原文 Hogmanay，苏格兰对于新年的称呼。

"比利，比利，等等。"他说。

我从厨房走到走廊，发现比利坐在楼梯转角处的边上，往下看着六级台阶。小弗站在第二级上，正慢慢往上走去跟比利会合。他真的费了挺大的劲，上去之后呼了一口气，就像累坏了似的。然后他就和比利一起躺在了楼梯转角。

我仍然没多想。我只是觉得很温暖。当这一情景反复出现时，我还以为是他们喜欢的一种新游戏。甚至当我发现我得更频繁地用吸尘器吸去比利粘在楼梯转角地毯上的猫毛时，我也没得出什么结论。

直到一天傍晚我瞥见他们又聚在一起，事情才真相大白。

那之前我刚和小弗进行了一段楼梯训练，小弗不太配合。少数几次，他靠扶手往上走了一两级台阶，但很快就变成了爬行。他甚至没有试着去直着身子下楼。我感觉这是在白费力气，于是很快放弃了。有时强迫小弗是没有用的。

然后，比利去到了楼梯上，这次是在通往转角那段楼梯中间的位置。小弗开始朝着它走上楼梯，到了能够碰到的距离，此时比利突然转身又往上面的转角处走去。

"比利，等等，"小弗说，他追着比利上楼，脚步变得快了些，"等等。"

当小弗到了转角处，比利才停下来，然后把头伸向小弗的怀里，开始和他玩了起来。

"我的天啊。"我不禁感叹。

我突然明白了。它事实上是在告诉小弗，如果想要和它玩，就必须走上楼梯来。它给了小弗一个很强的走上来的动机，于是小弗尽可能地快速上着楼梯。我之前从未见过他走得这么流畅轻松。

我不知道作何感想，只突然感到晕乎乎的。比利一定是发现了我总在这个位置连哄带骗，然后，天知道为什么，它决定做同样的事情。这看起来如此不可思议，甚至可以说是疯狂。

"得了吧，露易丝。"脑速冲到了一百迈的我对自己说。

当晚，我把这件事告诉克里斯，他只以为是我的异想天开。其实克里斯非常信任比利，他也是第一个告诉别人比利给家里带来平和氛围和巨大影响的人，但他不肯接受它还有进一步的作为。这对他来说太牵强了。

当然，我需要比利再做一次。但是墨菲定律开始起作用了，他们那天晚上没有重复那个流程，事实上只要克里斯在的晚上他们都没有那样做。白天的时候，他们会常常在楼梯转角处玩耍，比利慢慢地在楼梯上倒退，而小弗试着抓到它。我真的想过把这些拍下来向克里斯证明比利的作用。

但我知道我看到了什么，而且知道这意味着什么。

1 月初，我们收到了一份琳赛在 12 月来访后写好的报告。报告和我们想的一模一样：小弗"很爱靠着墙，经常选择爬上楼梯"，而且他"用屁股一顿一顿地下楼，但握着治疗师的手走下了最后两级台阶"。

事实上这份报告是过时了的，事情已经有了显著的变化。

小弗现在上下楼很轻松。他通常还要靠扶手的帮助，但这不是问题，我们装扶手就是为了这个。重要的是我们解决了上下楼这个难题，而且，我们没有经历很多困难就成功了。

这多少有点令人难以置信。如果是一年前，我们准会看到小弗陷入无法遏制的愤怒；甚至在我刚一建议他上楼梯时，他就会激动起来；他会气得发病。然而在过去的几周里，我遇到的最糟情况不过是一点不情愿和反抗的情绪。对于小弗来说，从一到十他的反应最多是二到三，换句话说，就是平静无事。

大概一个月后琳赛又来看小弗，她惊喜而骄傲地看着他用扶手走着上下楼梯。

"天啊，他进步真大，是吧，露易丝？"她笑着说。

我们都发现比利藏在楼梯上面一段的顶端往下偷看。

"我想知道它在那做什么？是精神支持吧。"琳赛笑着说。

　　我想说的太多了，但我还是决定缄默。

　　我只是微笑着，安静地摇了摇头。

　　"谁知道呢?"我说，"谁知道呢?"

第10章 初开的花朵

高地的春天是一段美丽而魔幻的时节，2012年尤其如此。我们经历了一场漫长、黑暗、寒冷的冬天，所以当我们看到一年最初的水仙花，听到凯恩戈姆山最后的融雪注入河流那潺潺的声音时，真是感到精神振奋。

我觉得似乎我们的运气也在绽放。

我和克里斯知道对小弗的期望要现实一些，但他在过去几个月取得的成就让我们感到了长久以来从未有过的乐观。

除了搬到庄园后就伴随我们的宁静、快乐的氛围，我们还看到了很多其他鼓舞人心的迹象。

琳赛写了一份非常正面的物理治疗报告，这份报告辗转送到了为小弗制作夹板的矫正师琳恩那里。

夹板帮助了小弗很多，但还是很笨重。夹板沿着小弗的小腿一直往上，在脚下也有，这使他的步子很僵硬。而且夹板还要每六个月换一次，这也是个麻烦事。

我们去拜访琳恩，她让小弗戴着现在的夹板走了几步，做了些笔记。我以为她会告诉我们，小弗的新夹板再有几周就能做好了，但她这一次另有所想。

"是这样，我觉得你们可以不用夹板了。"她说。

"真的吗?"我说。

"是的，我打算给你们准备皮卓靴。"

"那是什么?"我问。

"是特别的矫正用靴子，能给你从脚到膝盖的支撑，但是不像夹板还支撑脚下。穿着这个小弗走路和弯腰会轻松得多。"

制作靴子花了几周，但收到之后，效果立竿见影。这靴子看起来有点像长筒的轮滑鞋，当然，没有轮子。它很快起了作用，小弗在家里走动得频繁多了。

就像琳恩说的，穿上它小弗弯腰容易多了，整体上也变得更灵活敏捷了。我第一次注意到区别是他能在蹦床上真的蹦起来了，比利往往在旁边跟着蹦。他移动的速度也快多了，几乎能跑了，对他而言真是了不起的进步。

他新获得的行动力让我备受鼓舞。这之前不久，我在幼儿园进行了一场有趣的对话。那天放学我在等小弗时一位老师向我走来，我担心发生了什么状况。

"露易丝，"她说，"不用担心，我只是好奇一件事。"

"哦，好的。"我说，虽然看到她的微笑，我还是感到不安。

"小弗在家学习几何图形了吗?"她问。

我有点蒙了。

"呃，没有，"我说，"我们只不过买了那种把方块、圆形和三角放进正确的洞的玩具，怎么了?"

"哦。他今天认出了八边形、六边形和五边形，还能说出名字。"

我震惊了，但假装不太在乎。

"哦，"我说，"这就是小弗啊，总是令你意外。"

"的确如此。"她说。

我知道幼儿园很努力地在试着了解小弗的特殊需求，好准备适合他的教育内容，为他明年8月去"大学校"做好准备。

"你想让我问问他的情况吗?"我说。

"不，这没有必要，"她说，"但是你要是能观察一下，看看还有什么等着我们的惊喜就好了。这绝对会帮助我们定制适合他的课。"

晚上，我把这消息告诉克里斯，他的反应不在我的预料。他没有任何震惊的反应，只是点了点头。

"哦，他一直都有这种表现啊。"他说。

"真的吗?"我说,"什么时候?"

"有一次和我母亲在一起,我们玩游戏的时候。"

"对了,骰子。"我突然想起了去年我们去克里斯的母亲家时发生的事。

克里斯的母亲在二手商店找到了一个蛇梯棋游戏。和我一样,她也在小弗身上试了各种玩具,希望有一天他能喜欢上其中一个。这个游戏似乎激发了他的兴趣。游戏的零件很大,这对他是个好处,因为他拿不住小东西。

我们开始游戏后,克里斯的母亲把骰子给了小弗。他掷了骰子,在任何人有机会说话前,他就说:"五。"

当然,那确实是五,但我们都很惊讶于他没有花时间去数上面的点。

下次到他时,同样的事情发生了。

"六。"他说,为自己又赢得了一次扔骰子的机会。

整场游戏就这样继续着。

"四。"

"五。"

每次都是几乎骰子一落地,他就说出了上面的数字。他看一眼点数就知道是几。

那时他三岁,我们之前从来没有玩过类似的游戏。

"没错,我给忘了,"我说,"还记得他那次从二十倒数到一吗,那时他才两岁。"

"前两天他也做了一件让我吃惊的事，我本来想告诉你的。"克里斯说，我们现在都对这个话题热衷了起来。

"你还有什么瞒着我?"我半开玩笑地说。

"你和皮帕在阿博因的超市买东西时，我俩在外面的车里坐着。他指着一幢房子说：'看，那个房子有风向标。'我根本不知道他还认识风向标。"他说。

"还有一天晚上他提到了地心引力。我以为他不知道这个词什么意思，就问：'地心引力是什么呀，小弗？'他看着我，说了句'吸住你'然后就走开了。"

我们都大笑起来。这些东西他不可能是在幼儿园学的。两到四岁的孩子基本只需要专注在玩耍和活动上。当时他们绝大多数时间都在为一个春季项目采水仙花。

所以问题是，他从哪得到这些信息的呢？我们知道他还不认字，因为我们还在读书给他听。也不会是电视，因为他看的节目只有《猫和老鼠》、BBC儿童频道、BBC动画频道，和其他一两个儿童频道。如果电视上播放其他的节目，他就会非常生气。

但真的只有这些。他绝对没有偷着看国家地理频道的数学、气象或科学节目。嗯，至少我觉得他没有。现在我开始怀疑了。

这又是自闭症儿童的一个矛盾之处。根据一般标准，他们发育得不如其他孩子，但他们又常常有远超同年龄一般孩子的某些能力。说所有的自闭症儿童都有天赋是老掉牙的话，我也不希望他被定型为能背下电话名录、在赌场记牌的"雨人"之类。但他绝对有未开发的潜能。我突然意识到，他不是个令人绝望的个体，而我相信，有些人是这么想的。

这真让我振奋。我一直担心小弗的教育怎么办。当他被诊断后，专家们的一句话常在我脑中盘旋："小弗永远不可能上正常的学校。"

在某些方面，我们已经打破了这个颇为阴暗的结论。他的幼儿园哪方面都不算是一个"特殊教育"学校。确实，他是那里唯一需要额外关照的孩子，但多数时间他只是班里的普通一员。在内心深处，我渴望着把他送到一所优秀的私立学校，班里都是和他同龄的孩子，而他受到的对待也和所有的人一样。

我甚至在脑中描绘出了画面：我在学校大门，看着他背着书包，穿着校服，踏上教学楼的台阶。

我知道我可能想得太多了。他的问题还是太多，他无法变成一个正常的男学生，不管什么是所谓的正常。但是，一个母亲有权利梦想，不是吗？只要一小段这样鼓舞人心的消息，就能让我信心大增，觉得梦想真的可能实现。当新春留驻下来，白天开始变长，我比以往更加坚定，要给他一次机会。

同往常一样，春天最初的萌芽和小弗的生日恰好在一起。很难相信他已经四岁了。似乎昨天他才来到这个世界，决心把墙都哭倒。

小弗一直无法体会圣诞节的乐趣，然而不同的是，他很喜欢过生日。我想，可能是因为这一天他是焦点，也因为这满足他对秩序的要求。他能认同他大了一岁这一点，他认同用数字做标记。我想，在他不稳定的头脑中，这很重要。

所以我很享受每年重复同样的程序。我会在前一天给他做特别的蛋糕作为开始，上面写着他的名字；这一年，还有一根数字"4"形状的蜡烛。然后，等他睡觉后，我就开始装饰厨房和其他房间。

我把蛋糕放在餐桌中间，他的生日卡片围绕着蛋糕。然后，我挂起一个大大的"生日快乐"横幅和装饰彩带。

接着，我和克里斯给气球打气，把它们布置在起居室里，和他的礼物放在一起。克里斯还灌了一个巨大的氦气气球，上面写着"4"。他又挂了几个"生日快乐"横幅，一个在客厅，一个在浴室的门口，那里是小弗早上从卧室出来后第一眼看到的地方。

小弗很喜欢这套规范，第二天一醒来就十分兴奋。"今天我过生日，小弗四岁了。"他说，这是第一遍，之后还会重复很多很多遍。

比利似乎知道发生了什么事，早早到了厨房，它对里面的气球感到痴迷。但少见地，它待在了小弗的椅子边上。这似乎让小弗更加兴奋了。

"今天我过生日，小弗四岁了，比利。"他几乎每吃一口早饭就要说一次。

吃过饭我们穿过房间进入起居室，小弗的兴奋在那里更上一层楼。我和克里斯拿出了几件礼物。我们一如往常地只能猜测，小弗会不会喜欢，不过看着他有条不紊地将礼物逐一打开总是让人高兴的。今年我们给他买了一个儿童平板电脑，这是个精致的学习平台，上面有可交互的游戏资源。我们还给他买了几个耳机和游戏。

比利仍黏在小弗身边，它被废弃的包装纸迷住，一头扎在里面。克里斯逗它玩，把一条卷起来的装饰带扔过去，它飞奔着去追逐，好像那是条性命攸关的带子。看到它和我们一起玩耍让人惬意，毕竟，它已经是我们家的一员了。

这一天是正常的上学日，所以我要帮小弗做好准备。他没有抗议，能戴着他那"我四岁了"的徽章就足以使他开心了。他还知道，幼儿园也会为他准备一个蛋糕，因为每个孩子的生日都有蛋糕。当我晚些时候把他从幼儿园接回来后，他就坐在起居室里玩平板电脑，这让我和克里斯大为欣慰。前一年我们花大价钱买的装电池的警察自行车可是完全被他忽略的。

然后我们给他唱了生日快乐歌，让他吹了蜡烛。这之后，就是一个常规的晚上了。

我们还没到邀请其他孩子一起过生日那一步，小弗在幼儿园仍然比较疏远。他乐意和其他孩子坐下来一起玩，但并不会和他们交流。所以，可以说他没有什么"死党"。这让我多少有些难过，但我知道他有皮帕和他最好的朋友，比利。

就在他生日的几周前，我们又一次见证了他们的深厚情谊。

当时小弗去看医生，进行最后一次三联疫苗的注射，以预防麻疹、腮腺炎和风疹。说来奇怪，他在打针这件事上没有任何问题。大家都以为他会把这演变成一场噩梦，但他没有；这些年来他打了太多的针，但他一次都没闹过。这次也不例外。

糟糕的是，他回到家后身体变得很不舒服。他无精打采，还发了烧。我没有马上叫医生，因为打针前大夫提醒过我，瞌睡和发烧在注射几小时后可能会出现。我只需要给他补充水分，并确保他不感到恶心或不发高烧。他不想上床，于是我把他放到客厅电视前的沙发上。

克里斯仍在工作，我要搞定晚饭，而此时皮帕也少见地需要我的关注，所以我只能在远处留意小弗。幸好，比利有所行动。

我们到家时就看到它在外面等我们。又一次地，它似乎感到自己需要在场。我刚给沙发上的小弗盖上毯子，它就出现了。它一跃跳上小弗的大腿，紧蜷起身躺在那里，几乎不动。

比利太活泼了，不太可能长时间在那待着。但是奇怪，大概二十分钟后，他们两个还在那里，蜷成一团。比利显然哪儿也不打算去。这让我惊呆了，我长久以来怀疑的事得到了证实。

很多书或文章里都写过猫有感知人类病痛的能力。比如，它们能在癫痫发作前就有所感知。还有，它们发出的咕噜声似乎能真的起到治疗作用，这和某种共鸣有关。

我不是科学家，不知道有没有什么铁证可以支持这些理论。但我知道我那天下午看到了什么。比利放弃了在巴尔莫勒尔逡巡，放弃寻找野鼠和鸟，而是选择和小弗待在家里。它这样做不是出于自己的趣味，因为其中没什么乐趣——小弗没心情和它在地毯上打滚，也没心情和它在楼梯或花园里追逐。这其中总是有原因的吧？

那天晚上克里斯下班回家后，小弗的体温已经降了一点，但他仍然没力气，全身不舒服。所以我们决定给他吃点简单的食物，就让他上床睡觉。

比利已经养成习惯，等小弗入睡后就溜到夜色中，一去几小时。但那天没有。它待在了床上，卧在小弗蜷着的双腿边；它在那一直待到早上，这时它的伙伴已经渐渐好转起来了。此刻，它终于感觉可以自由地卸下职责，于是它从猫洞消失，去天知道什么地方度过这个早晨。

🐾

有的时候我会怀疑自己是否在小弗和比利的关系上投射了太多自己的想法，是否夸张了比利对小弗的影响。

克里斯仍然持怀疑态度。他并不怀疑他们对彼此付出的感情，但他只把这视为一个男孩和他的宠物之间的友情，不多也不少。

偶尔，我觉得自己很傻，甚至天真。一只猫怎么可能对一个小男孩造成这么大的影响呢？尤其当我冷静地看待这件事时，这似乎很没道理。

但突然涌现的几件事给了我必要的确信。我第一次感到自己并不那么天真犯傻。

小弗很少在听到有人敲门时感到高兴，然而一天早上，他听到敲门声后却一路跑到了客厅。

"是凯来了吗?"他问。

"是啊，小弗，我想是的。"我说。

凯是从小弗很小的时候就认识他的一位作业治疗师。她预约来见小弗，看他是否有所进步。

在小弗接受的各种治疗方式中，作业治疗不知为何是效果最弱的。这种治疗是为了帮助他处理需要完成的各项日常任务，从刷牙到穿裤子，从吃饭到拿铅笔写字。这对小弗和他的治疗师而言是艰难的战役，并且收效甚微。我们怀疑这很大一部分还是出于他会坚决地**不去做**某件事的决心。于是我们停止了一段时间的治疗，因为没有进展。这样做的结果是我自己担负起了教他很多事情的任务，有时成功有时失败。等到他要去全日制学校之前的一年左右，我知道我们必须要彻底解决这些问题。他用刀叉吃饭、握住铅笔或其他东西还是有困难。我们需要尽快改善这些情况。

因为上述原因，凯有几年没见过小弗了，看到他取得的进步时大吃一惊。

首先，小弗和她进行了对话。

"我在你是婴儿的时候见过你，你当时住在别的房子里。"她说。

"是比利刚来时的那个房子吗？"

凯迷惑地看看我。

"我不知道比利是谁。"她说。

"比利是小弗的猫，啊，它在这呢。"小弗说，看着他刚从前门的猫洞"咔嗒"一声爬进来的朋友。

"哦，你好啊，比利。"凯说。

我想让凯看看小弗在行动方面已经取得了多大的进步。

"让凯看看你是怎么上楼梯的。"我说。

"好的，来吧，比利。"小弗邀请比利和他一起爬楼梯。一眨眼工夫，比利已经到了转角处，等着小弗跟上它。

然后，他们两个互相抱着在那里躺了一会。

"哦，多么温暖的画面啊。"凯说道。

像平时一样，有很多文件需要填写。于是在凯又观察了小弗几分钟后，我请她到客厅里喝杯茶，而小弗正躺在那里的地板上看电视。

他和比利像平时一样互动着，蹭着彼此的脸，相互拥抱着。我并没多想。对我而言，这就像太阳升起一样是一天中正常的一部分。

凯本来正向我说明着什么，但突然思路中断了。

"哇，这真的很少见，我从没见过哪个孩子和猫有这样的互动。"她说，"这有多久了？"

以前从没有人真正问过我他们的关系。我向她说明，我们是在九个月前把比利接来的，他们很快就建立了感情。

当我讲到在阿博因的第一晚发生的事，凯吃了一惊。她知道小弗小的时候有多敏感胆小，所以无法相信他竟会走进比利的笼子，毫无戒备地和比利玩起来。

我不太想谈论我觉得比利自从到来后发挥了多大的影响。我不想做出一些让我看起来像疯子一样的判断。

事实证明，我不需要说什么。

"猫真是神奇的生物，不是吗？"凯说，"我有种感觉，比利似乎是个英雄呢。"

她看着我的眼神告诉我，她完全清楚发生了什么。

🐾

在凯到访的几天后，我接到了另一个老朋友的电话，是猫咪保护协会的丽兹。

她是打电话请我帮忙的。慈善组织正在试着提高协会所做工作的关注度，想找一些有"好消息"的故事，关于协会促成的人与猫之间的关系。

"我一直没忘记小弗和比利，想问问他们相处得怎么样了？"她说。

丽兹比起任何人都更容易理解和相信发生的事，于是我告诉了她全部我认为比利所做的事情。把这些全部告诉一个我知道能理解我的人，我感觉得到了净化。

"哦，这太棒了，露易丝。我就知道他们对彼此是友好相处的。我想在迪赛德猫咪保护协会的网站上写一篇关于他们的小故事，可以吗？"她说。

"当然了。"我回答。

之后我把这回事完全忘了，然而过了几天，我接到了另一通电话，这次是伦敦的猫咪保护协会打来的。他们看到了丽兹在我们当地的网站上发表的故事，想问问能不能在全国范围内使用。

"我们正在努力提高猫咪保护协会的关注度，同时也想提高自闭症和动物帮助人这一事实的关注度。听起来，小弗和比利这一特殊的关系正是我们在寻找的。"这位女士说。

我有点不确定，于是询问她具体有什么打算。

"嗯，我们想的是可以联系国家级的媒体，看看有谁愿意做一篇报道。"她回答说。

我请她给我几天时间，让克里斯和我好好想想。在我提起这件事时，克里斯表现得极为吃惊。

"他们为什么要写小弗和比利的事呢？"他摇着头说道，这时孩子们已经上床了。

"因为他们觉得他们的关系有某种力量，这个故事可能会让人们认识到，猫可以帮助小弗这样的孩子。"我说，"如果这能帮助另一个和我境况相同的母亲，那我觉得我们就该做这件事。"

"好吧"，他说，"我看不出有什么不妥，只要不要惹恼小弗就行。"

第二天我给猫咪保护协会的女士打了电话，让她尽管去做，同时我也做好了一切石沉大海的准备。然而大概一小时后，她回了电话，带来了颇为惊人的消息。

"嗨，露易丝，有个《每日邮报》的人想和你聊聊。"她说。

我震惊了。我以为我们的故事只会登在某个妇女杂志的小角落里。我没料到会有大型的全国性报纸感兴趣。

"呃，好吧。"我说。

报社的一位也叫丽兹的女士那天晚些时候给我打了电话，问了一堆问题。小弗处于怎样的状况中？我为什么决定给他找一只猫？比利怎么帮助他的？比利来了之后我看到了小弗的哪些变化？

这简直不像真的。过去的几个月里，我连想到这些问题都会觉得自己像个傻瓜，而现在我却和一系列的人毫无忌讳地谈论这些事，还包括有着百万阅读量的报纸的记者。我几乎觉得是灵魂出窍了。

丽兹要和她的编辑再商量一下，但她说他们可能会派摄影师来拍一些小弗和比利的照片。

"我需要提前完全确认好，"我说，"我不想有某个不速之客出现在我家门口。"

"当然了，"她说，"我们也会保证去的人善于和小弗这样的孩子以及小动物相处。"

我仍然觉得我大概很久都不会听到回音了，但是几个小时后，记者再次来电，说摄影师已经安排好了，是个叫布鲁斯·亚当斯的人，会在几天后到访。

我把这件事讲给小弗听时，他表现得惊人地平和。

"有个叔叔想来家里给比利拍很多照片。"我说，注意着不给他任何压力。

"好啊。"他说，然后就径直小跑着去告诉他的伙伴这个消息了。

"有个人要来给你拍照，比利。"

事实证明，布鲁斯·亚当斯是我能想到的最友善的人。他以前就和残障儿童一起工作过，包括一个后来成为服装模特的患有唐氏综合征的女孩。他也给很多动物拍过照。

以前的小弗会极其厌烦他，但现在没问题。我不知道比利会不会配合，但它似乎也被布鲁斯迷住了。它和小弗躺在地毯上，在上面打滚，蹭着彼此的脸，就像他们每周每隔一天都会做的那样。

"这太棒了。"布鲁斯边专注拍照边一直这样说，拍了足有半个小时。

我不知道这是不是很棒。对我而言这只是这些日子的平常情况。

布鲁斯说这篇报道要登出时报纸会联系我们。我再一次告诉自己这可能不会有结果。这一次，我的小心被证实是有根据的。3月来了又走了，然后是4月，5月也是一样。我的父母一直是读《每日邮报》的，所以他们在帮我留意。但什么也没有。有一阵子我感到有些生气了。我期待着至少可以看到照片登出来。但我很快就会忘记这件事——我有更重大的问题要处理。

第11章　另寻出路

生下小弗以来我得到的最好的一条建议，来自另一位母亲。我遇见她是在小弗被诊断出自闭症时，那时我们似乎不断地往返于阿伯丁。

她本身也是一位残障儿童的母亲，我们在一起喝过几次咖啡。

"作为残障儿童的父母是和别人不一样的，"她告诉我，"你不能计划将来，你要忘记你的梦想和热情。你只能活在当下。"

这显得太理所当然，反而不像真的了；而我完全接受也是花了一段时间。我的本性就是一直在计划，我会自动地看向未来。

但当我们接受了小弗的情况时，我理解了她的话。克里斯和我确实逐渐学会了只关注日常和当下。这不是通过某种哲思的灵感闪现，我们也没有阅读什么流行的"活在当下"的自助书，应该说我们是清楚地认识到了这是我们唯一现实的选择。因为关系小弗的事，没有什么是一成不变的。前一天适用的法则可能第二天就失效了。我们得不断另寻出路。

在2012年夏天，这句箴言又浮现在我的脑海。正当我们以为在往一个方向前进时，我们不得不转换路线，我们的航程出现了戏剧性的转变。

小弗总是难以预测。他的心情每天、每分钟都在改变。这就是我们的现实。但整体来说，我们还是幸运的。他的难以预测还算是比较好预测的，如果可以这么说的话。我们知道什么事情容易让他发火，我们也通过经验教训学会了如何处理这些事。但我们知道他总有可能会产生阶段性的变化。这正是发生了的事。

我说不清这是什么时候开始的，但是第一个告诉我哪里出了问题的标志出现在他最喜欢的一个幼儿园助理老师要离开时。她是个非常聪明阳光的年轻姑娘，有着无尽的耐心，尤其是面对小弗的时候。她真的对小弗喜爱有加，而小弗也很喜欢她。

凯丝告诉过我她要走的事。她得到了一家更大的学校的助教全职工作。

当我告诉小弗这个消息时，他表现得就像她亲自背叛了他一样。他突然宣称不再喜欢她了。更糟的是，因为她目前还在幼儿园，小弗讨厌起上幼儿园来了。

早上去幼儿园本来已经变成一个顺利的程序，至少按小弗的标准来说。然而几乎是一夜之间，这变成了一场战争。如果我们早上到幼儿园看到她的车停在停车场里，小弗就会开始喊叫、乱挥乱踢，"我不喜欢她，"他会大喊着说，"我今天不想看到她。"

我通常要花十分钟让他冷静下来，说服他去上学。有一次，我只好扔下他直接回家。

直到这个女孩离开，小弗才冷静了一点。但这次事件似乎激发了其他的举止，这很奇怪，好像他撞上了一堵墙，之前很多正面的事情开始散架。

下一件明确发生的事是他在家越来越焦躁了。突然之间，他从幼儿园回来后就会说没人喜欢他。

我试着消除他的疑虑，告诉他，这个人那个人都爱他，但他完全听不进去。

"不，她根本不喜欢我。"他会说，把自己气得够呛。我们很久没见过那因愤怒憋出的紫红脸色了。

我向凯丝询问他是不是和别的孩子有冲突，但结果什么也没有。他不管何时都很少真的和其他孩子互动，因此不像是有任何人会惹他生气。

这似乎瓦解了他的自信，因为他基于此得出结论，那就是皮帕、克里斯和我也不喜欢他。

"爸爸不喜欢我。"他会无端地说。

"不是这样的，小弗，爸爸爱你。"我会说。

但他不听。他捂住耳朵大叫，直到我闭嘴。这一奇怪的行为持续发展，直到他终于觉得什么都让他不舒服、不高兴。结果，他所有的焦躁情绪都集中到了一件事上：他的卧室。

我和克里斯费了很大力气才创造出一个空间，能使小弗在里面感到舒服安全。然而突然之间，我们布置的每个东西都成了问题。

他抱怨的第一件事是墙的颜色。我们把这间房间漆成了非常淡、几乎没什么颜色的黄色。一天晚上，我正试着哄他睡觉，他突然坐直身体，用手捂住耳朵。他说墙"太吵了"，然后开始响彻房子地喊叫，场面很可怖。

这似乎引起了他的质变，很快他就开始抱怨各种其他的事情。大概一天后，我和克里斯被他大喊的声音吵醒。天色漆黑，我们一瞬间以为是有闯入者，因为他叫得歇斯底里。然而当我们跑到他的房间里，他告诉我们"天花板上的花掉下来了"。

一时间我们都蒙了，不明白他是什么意思。最后我们终于搞清楚了，他是在说我们在天花板上安装的夜明星星，这些星星从他小时候就在那里，原来是可以安抚他的，但现在不知为何起了相反的作用。于是我们把星星取了下来。

很快，我们不得不进行其他改变。他有一条从前非常喜欢的带卡通人物图案的被子。一天晚上，我正在掖他的被角，他突然开始乱踢乱扯，把被子扔到了一边。"我不喜欢它，我感觉憋得慌。"他说。

"你想换一条被子吗？"我问。

他点了点头。于是我铺上一条全白色的被子。

这之后，他开始抗议我们在他床垫上装的防水"外套"。这是为了以防他尿床或出现其他意外情况安装的。突然间，他觉得这个东西也放错了，很讨厌，需要立刻撤走。

他又说，他不想再穿睡裤了，因为睡裤让他不能移动双腿、摩擦膝盖。

情况变得几乎难以忍受。睡觉时间成了一个雷区，或者更准确地说，成了一个战场。过去几个月他对洗澡已经比较相安无事，但这再次成了一件麻烦事。他还在浴缸里就会开始为他的房间焦虑不安。他会抱怨说不想进去看到"吵闹的墙"，也不想被"困在"被子里。这真是令人灰心丧气。我们本已取得那么大的进展，现在却似乎在倒退。

两件事物拯救了我们。首先是一本叫作《生于蓝色的日子》①的书，作者是一名曾患有自闭症的学者。读完这本书，我对自闭症有了很多了解，并且看出很多相似之处。

比如，这个作者对秩序有强迫症般的执着，所以他早饭必须喝正好45克的粥，而且在数完自己身上穿了多少件衣服之前无法出门。相比之下，小弗执着于吐司上的酵母酱必须涂成精确的三角形就显得很温和了。

当这个作者感到有压力或不开心时，他就闭上眼睛数数。这也是我怀疑小弗在做的一件事。

在很多方面，这都是一本启示之书。读这本书，我觉得我第一次了解了小弗的一些方面。有一章里，作者讲述到他神奇的数学能力，并且在他眼里数字是有形状、颜色和材质的；但他同时讲到有些颜色会让他恼火。有一次，他在圣诞节得到了一辆红黄相间的自行车，而他拒绝骑这辆车，因为在他看来这辆车像是着火了。他也提到自闭症人群经常混淆不同的感官，比如，他们会觉得听见了景象。我阅读这一章时，拼图的一块拼上了：这解释了小弗为什么抱怨墙的颜色"太吵了"。

自从他提出第一次抗议后我们试了其他颜色，用试用装的颜料在墙上刷了几道颜色，然而没有一个成功的。于是一

---

① 原书名 *Born on a Blue Day*，blue 在英文中有忧郁之意，同时因为作者生于星期三而在他的眼中"是蓝色的"，因而在此将书名直译。

天晚上我对克里斯说："为什么不让小弗自己来挑呢?"

"我想可以试试。"他说。

于是我从最近的工具店拿来一张多乐士油漆的色表,在一天晚上递给小弗。

"你想要卧室变成什么颜色,小弗?"我问。

他用手指戳了几个很浅的蓝色和绿色。于是,我和克里斯买了这样的颜色,花了一个漫长的周末重新粉刷房间。然后,小弗有了一间蓝绿相间的房间。

我从第一本书中得到了鼓励,于是又买了一些其他的书。我发现了各种有用的建议,其中很多是关于秩序感和整洁感可以让自闭症人群感到平静的。

小弗的玩具之前一直放在地板上,方便让他随意挑选。后来我听从一本书的建议,把每个玩具装进盒子里,然后把盒子放到他的床下面。

我还把整个房间进行了调整,与新的蓝绿方案保持一致。我给小弗买了新的白色床上用品,上面印着绿色的恐龙。我在墙壁的四周挂了一些蓝色和绿色的照片。我和克里斯根据一本书中的建议,下了很大功夫确保照片在完全一样的高度上,而且彼此之间的间隔完全相同。这又是一个"试炼与恐惧"的过程。小弗会突然反对某件布置的东西,而那件东西就得拿走。但最终我们搞定了房间,大约经历了六周后,我们重新控制住了睡觉时间。

另一个帮助我们渡过难关的事物就是比利。此时的它格外地成了我们的救星。它很早似乎就察觉了小弗对上床睡觉开始焦躁。它打破了自己的时间表，晚上在屋子里停留的时间更久了。

像从前一样，它会在小弗焦虑时进入浴室，把爪子搭在浴缸边上；当小弗抗议他不喜欢床上有不一样的元素出现时，它会躺在那里，似乎在暗示这没有什么问题。

我们要做的就是顺水推舟。

"看，小弗，比利喜欢你的床。"我会说，或者是，"看，比利喜欢你的被子。"

这样真的能让小弗冷静下来。

"感谢上帝有比利在。"我和克里斯重复地说着这句话。

我们知道不能忽略大背景，不能掩盖问题。于是我们又联系了阿伯丁的心理医生，让他们再次给小弗做评估。见面前，他们让我列出所有发生的事例，也让我总结一下小弗的情况。

于是一天晚上，在我、克里斯和比利又一次挣扎着把小弗哄上床后，我坐在电脑前开始打字。"小弗的近况"，我在页面最上面写道。然后，我开始列举能想到的所有事情。某种程度上，这是我们当时生活的一个快照。我现在仍会看着那张纸摇头，不敢相信我们当时过着那样的日子。

我在开头写的是在我看来目前最正面的事情：幼儿园。

他在那里悄悄地成长着。他的讲话能力进步很多，虽然他仍然看心情才决定讲不讲话。他也很乐意和其他孩子在一起玩，虽然他不和他们进行直接的互动。

在家，他和琳赛的理疗开始收获成效。他现在可以相当自如地上下楼梯了。我没有提是比利经常在鼓励他做成这件事。

头脑方面，他现在展示出了超强的记忆力，尤其是有关车的事。我们如果开车去别的地方，他立刻就能记得路线。另外正像凯丝预言的，他已经从认识车的颜色进阶到能认出我们在街上遇到所有车的品牌和型号了。他会说，"那是辆路虎揽胜""那是辆福特"。

归根结底，好的方面还是很多的。比如他的视力很好。他经常提前我和克里斯很多看到某样东西。我们时常会怀疑他，但我们离得近一些时就证明他是对的。他能看见的东西对于我和克里斯来说只是景物中的一个点。

我还提到了小弗在数字和形状方面取得的进步。

然而，负面的情况终究还是太多了。让我们把它们讲个一清二楚是很痛苦的。但我知道，如果想要心理医师帮上忙，必须得说清楚。

他的很多问题仍然在知觉方面。他最新的抱熊玩具需要刷毛了，然而每当我试着刷开它打结纠缠在一起的毛时，他就会陷入最为爆炸式的崩溃。

我还列出了我们在他的卧室里经历的所有问题，从睡裤到墙的颜色。

他仍然有办法快速地发起脾气，并变得非常生气。如果他不清楚正在发生什么事，就可能大闹一场，于是我们得不断地在事先和他解释会发生什么，已经发生了什么。

就在我写材料的这天，他不喜欢的电视节目《诺弟》毫无预兆地出现在电视上，他立刻捂住耳朵哭了起来。

我知道医生还会询问小弗日常需要完成的各种技能，尤其是当他准备要去"大学校"的时候。这时我已经累了，所以我简单地总结了一长串列表：

"小弗不能：拉拉链、扣扣子、系鞋带、穿衣服、脱衣服、用刀叉……"列表还在继续。关于我们最头疼的如厕训练，我简单地写下了"断然拒绝"。

这在很多方面都令人灰心。负面的列表比正面的列表要多出太多的项目。我在几周前建立的乐观情绪瞬间瓦解了。我感到很低落，然而，我很快就会更加低落。

几周后，我把小弗和皮帕抱上车，开车前往阿伯丁，去见阿伯丁儿童医院的临床心理主治医师。

事情从一开始就不顺利。医生的房间显然是专门设计的，让她可以评估儿童的情况，因为地上散落着不同的玩具。而小弗不出意外地挑选了一辆车，并且把车翻过来转起轮子。我也带来了皮帕，她找到了几个娃娃，在角落里玩了起来。

医生拿着一个文件夹，里面似乎是小弗的全部档案记录，最早到他十八个月被评估的时候，同时也有各种治疗师最近提供的记录。

她和小弗说了一会话。他心情不错，对她态度很体贴。接着，她和我聊了很久，问了我很多关于小弗举止的问题。我如常照实回答了。

我告诉她主要的问题有三个：他很难理解周围的世界并且不知如何融入其中；最近几周表现出的自信不足；以及最重要的，他对于自理完全不感兴趣，尤其是上厕所的方面。

我们就最近出现的问题进行了具体的讨论，她想知道小弗和我、克里斯、皮帕及其他人相处得如何。记录里面清楚地写着，他不愿意和其他孩子混在一起，在课间和午餐时常常将自己孤立起来。我告诉了她他最近的表现，并且说出了我怀疑这是由他喜欢的老师离开造成的。她快速记了一些笔记，似乎很重要。中间我还提到比利带来的积极影响，然而她显得对此不太感兴趣。

她主要关心的是要将小弗转向"大学校"。她觉得如果小弗想要成长，这是至关重要的。我们达成一致，如厕训练现在是最急需解决的。她列举了一长串她认为我可以做的事。

她觉得我可以在白天完全撤掉小弗的尿布，"即使可能出现意外情况"。然后我应该慢慢地在夜里也撤掉尿布。她还建议我在送他上下学时在他的汽车座位上放一条毛巾，"以防万一"。她提醒我在头两到三个礼拜我可能会遇到很多意外情况。

基于此，她建议我在"家里的楼下和车里的某处备好大量的内裤和裤子"。一想到这可能会给我带来多少洗熨工作我就胆战心惊，然而我还是准备考虑一下。

她合理地建议我把发生的意外情况大事化小，不要"责怪或训斥他"。她还有个有趣的想法，我可以在墙上准备一张表，每当他一个小时没有尿裤子或是没有出现意外情况时，我就在上面贴一张笑脸的贴纸。

她建议对此采取奖励办法。有些挺有道理，比如让他看最喜欢的电视节目。其他的则让我不同意地摇头。"或许你可以把笑脸的鼓励定为去阿伯丁看洗衣机。"她一度建议道。相对地，如果他拒绝配合，我该考虑不让他看最喜欢的节目。

她说我应该坚持整个暑假按此行事，并且"不能让小弗瓦解这个系统"。

我还要确保小弗在厕所里时要有隐私和喜欢的玩具或书，好让他在里面感觉舒服。

建议还有更多——以及更多。当我离开房间时，脑子里天旋地转。

第12章 白纸黑字

随着夏天的到来，我和克里斯决定休息几天，带孩子们去埃塞克斯我父母那儿待几天。这就算是我们最接近假期的时候了。

和小弗生活另一个令人伤心的事实，就是自从他出生后我们便没有过真正的假期。

然而当小弗被置于不熟悉的环境时，情况会变得很艰难。即使是在往返我父母家的车程中，在宾馆停歇一夜都可能是一场噩梦。我们如果要出去，我们该去哪吃饭，这都会让他发脾气。而且因为我们不能带上比利，我们经常觉得情况难以缓解。于是，我和克里斯只好投降放弃，只是偶尔在克里斯母亲位于洛西茅斯①岸边的拖车里待几天。那离家很近，而且能给我们提供几天不同的景色。

相比小弗出生以前我和克里斯的生活，这是一个巨大的反差，我们曾经常出国旅游。而我最近一次在海外已经是2006年了。话说回来，这就是为人父母，不是只有我们才做出了牺牲，每个父母都是一样。

和我父母待在一起的一个好处就是他们很会照顾小弗，这就意味着我偶尔可以有点自己的时间，这是我在苏格兰时几乎没有的。

一天，我决定预约去做头发。我父亲让我顺道去报刊亭帮他买一份《每日邮报》。我决定在去发廊的路上买报纸，以便在等待时有东西可读。

在排队等着付钱时，我翻开了报纸。这时，我经历了人生中最大的震惊。第三版上，小弗的脸正盯着我看。

"我的天啊。"我说，声音有点大，引来了其他排队的人疑问的目光。

我镇定下来，开始浏览报纸页面。标题写着：《流浪猫比利的爱使四岁的自闭症男孩终于开朗起来》。下面是副标题：《比利改变了全家人的生活，带来了快乐和宁静》。上面印着一系列布鲁斯·亚当斯给他们两个拍的照片，照片里他

———————————
① 位于苏格兰东北海岸。

们拥抱着、蹭着彼此的脸。

丽兹写得非常好。她引用了很多我的话，这让我的脸抽动起来，尤其是其中的一句话："听起来很疯狂，但比利就像是小弗的守卫一样。"

但这确实反映了当时我自言自语了很久的想法。"比利完全改变了我们的家庭生活，它带走了压力，他带来了快乐和宁静的氛围，它真的太棒了。"里面引用了我的话。我就像听到了脑海中一直存在的一个声音。

我惊呆了。我不知道该笑还是该哭，于是我两件事都做了。

我几乎是跑着回了家，把报纸给我父母看。他们立刻打开报纸，摊在厨房的餐桌上，张着嘴读起报道来。我也给小弗看了。他不太清楚这是什么意思，但是看到比利的照片很兴奋。

"比利在报纸里呢，外公。"他这天的剩余时间不停地说。

这是个精彩的时刻。每位家长都觉得自己的孩子是特别的，但很少有人会在印刷物上得到印证。然而最重要的是，这卸下了我过去几个月背负的精神重担。我不用再为认为小弗和比利的关系有特别之处觉得有负罪感了，这已经是有全国性记录的了：白纸黑字印在那里。

这篇报道让每个人的心情都不错。那天晚上，我和克里斯跟我的父母坐在厨房，边笑边回忆着。

理所当然地，我们谈到了很多关于孩子的事情，尤其是小弗和比利的事，印着他们照片的《每日邮报》现在就钉在我母亲厨房里的软木留言板上。

我父亲又多买了几份报纸，再次阅读。一时间他沉思起来。

"说起来，小弗总是在谈它，不是吗？比利这样了，比利那样了。他让我想起你和隔壁的帕姆家那只小猫。"他说。

"什么小猫？"我问，脑子里一瞬间空白。

"那只暹罗猫，你小的时候醒着的每一刻都和它在一起。它叫什么来着？"

"小霜。"我母亲插进来，看起来有点困了。

"对了，小霜。"我父亲说。

"你也是一个样子，除了它永远都没法谈论别的事。"

"我的天啊，我完全把小霜给忘了。"我说，一股回忆浪潮般涌入我的脑海。

在我大概十一岁时，我完全被隔壁的暹罗猫饲养员帕姆给我看过的一只小猫迷得神魂颠倒。

她是个真正的饲养员，而且是暹罗猫俱乐部的会员。她有几只"皇后"猫，她好几年都是用它们来繁衍的。我每年都会去隔壁看小猫崽，通常是六七只可爱的小猫。几年来我起码看过五十只猫走出帕姆家。但有一只小猫却有些特别，我对它可以说是一见钟情。它小巧可爱，长着淡紫色的毛，忘了为什么，我叫它小霜。

我在帕姆家一玩就是几小时。我会找个借口，好一放学就直接奔向那里。我用毛线做了个线球，我把线球朝屋子各个方向扔去，小霜就像疯了一样去追逐它。我上学时是个快乐的女孩，没什么特别的问题要面对，但当我偶尔为某事恼火时，和小霜玩一会似乎就解决了我的所有麻烦。我很久没有回想过这些事了，但我仍然记得我们就像在一个二人的小世界里，在一个我的父母、姐姐和老师都干扰不到我们的泡泡里。那感觉真神奇。

帕姆知道我们属于彼此，于是提出把它送给我。但我知道这在我母亲那里行不通，她自从怀着我时那只猫跳上她的肚子后就真的很讨厌猫。果然，她不同意，这让我伤心欲绝。

帕姆很同情我，于是确保不把小霜送到别的家里去，这真的很慷慨。这些小猫是值很多钱的。每次去帕姆那里，我都感到时间嘀嗒作响，而它最终也会离开的。

情况这样持续了几个月，我一直试着说服我母亲，但没有用。

一天，不可避免的事发生了。帕姆到我家来，说明有另一家人联系她要带走小霜。它是那窝小猫里的最后一只了，而且到了年纪，再不走的话就会出现行为上的异常。她只能答应。

我的心碎了。我有大概一周都以泪洗面。我是真的爱它。

"因为我不让把它带回家，你很久都没有原谅我。"我母亲说，看见我沉浸在思绪里，猜到了我在想什么。

"我没有，"我微笑着说，"我只是觉得心好像碎了。"

很奇怪的是，比利装在笼子里到来那天我想起了帕姆，却完全忘了小霜，直到现在。或许我压抑了这段记忆？不管原因是什么，二十五年后的今天，我想起它来仍然很激动。我完全没有把我和小霜的关系与小弗和比利的友谊联系起来。

"我真的把它都忘了。"我说。

"可能是在你的潜意识里。可能因此你才知道养只猫会对小弗有好处。"我母亲说。

"不管怎么样，这绝对是明智的一步。"我父亲说道。

当时我的父母家还没有网络，而我也没有能收发邮件的智能手机。所以我直到回家打开电脑后才看到一长串关于《每日邮报》文章的邮件。一些是记者丽兹发来的，告诉我文章快要发了。另一些是另一个丽兹和伦敦猫咪保护协会的女士发来的，她们都向我祝贺报道的刊登，并谢谢小弗和比利为她们的慈善机构做了这么好的宣传。

家里还有几封信，一封上简单地写着"苏格兰，巴尔莫勒尔，露易丝·布斯收"。

反响真是不得了。文章很快登上了网站，吸引了一大批评论，几乎都是正面的。这些加强了我的宽慰感，让我知道世界上不是只有我相信儿童和宠物之间关系的力量。"多漂亮的猫和男孩啊。被赐予这只特别的动物，你们真是幸运的家庭。"一个澳大利亚的网友评论，基本总结了大家的意思。"在你需要时，奇迹就会发生。"一位美国的女士写道。

当然，总有人会从这类故事里看到宗教意味，我们的故事也一样。"我们生活中的某些时刻，上帝会送给我们特别的朋友来帮助我们。"一个人说道。

但留言的内容并不仅限于动物或猫。让我很高兴的是，就像猫咪保护协会希望的那样，文章似乎引起了人们对自闭症的注意。

最令人心碎的评论来自一位毕生与此情况斗争的男子。"我出生于四十年代末，那时很少有医生能诊断出自闭症，于是作为一个'不听话'的孩子只能得到安眠药，并待在收容所里。"他写道，"我直到六十岁才得到诊断，我现在得到的支持和理解终于让我平和了一些，快乐了一些，让我终于收到了很多爱，也愿意去爱别人。让我们用宠物那种不求回报的爱使更多的孩子快乐起来吧。"这些话让我流下了眼泪，因为我太知道时至今日"不听话"的孩子仍然容易被抛到一边。我就有过这种遭遇，在小弗身上。

接下来的日子里我们开始收到来自很远、很多地方的粉丝来信和礼物。一位可爱的女士寄给小弗一封信和一张她的猫的照片，以及二十英镑。另一个人寄来一条印着可爱小猫的茶巾。

我们也收到邀请，想请我们在媒体上发表其他文章，不仅是英国，还有国外。然而我和克里斯讨论后拒绝了这些邀约，因为我们不想让小弗经历太多这些。我们对成为名人或富人不感兴趣。更主要的是我们不想让小弗和比利变成某种昙花一现的热点。

我们当地的反响比较低调，正如我预期的。我们这个社区不太对别人大加评议，虽然有几个人提到在报纸上看到了报道，觉得写得很好。

我们收到的最贴心的赞扬要算是从埃塞克斯回家后第一天小弗回到幼儿园的时候。

"呀，你好啊，露易丝。"当我送他去学校时凯丝说。

"报纸上写小弗那篇文章真好啊。大家都看了。进来看看女孩们做了什么。"

班上的女孩们用报纸文章和小弗的照片在按钉留言板上制作了一幅拼贴。上面还有一些温暖的留言，祝贺小弗。

"比利在报纸上。"小弗看见时说。

"你也在上面呢，"一个女孩说，"你可真是个聪明的男生。"

这就是为什么我这么喜欢这个地方。从埃塞克斯回来后，我已经感到精力充沛，准备好面对小弗的下一段旅程了。幼儿园总是带给我们的温暖和支持更让我觉得充满了电。然而这些电很快就用光了。

第13章 警铃

在我浏览早上送来的信件时，我看到了一封信上印着幼儿园的标志。因为学校的暑假快到了，于是我以为这封信是给我更新小弗的进步，或者通知学校7、8月份的活动，因为他们通常在那时会照常开放。

很快，我就知道以上两种情况都不是。我读了两遍，才能相信这是真的。幼儿园很快就要关闭了，我得为小弗的教育"另做打算"。

我感到了胃底的翻腾，只得在厨房里坐一分钟，好消化发生的事。

信写得简明扼要、直截了当。上面说6月27日是幼儿园开学的最后一天，并祝所有的人未来顺利。上面没有提到其他可选择的幼儿园。

过了一会儿后，我振作起来，给克里斯打了电话。他正在主城堡的某间屋子里重设线路，因此不能久聊。他和我同样震惊。

我又给其他几个家长打了一圈电话，问他们是否也知道这一情况，并注意不让小弗听到谈话内容。

"我觉得他们就是入不敷出了。"一个母亲说，听起来和我一样伤心欲绝。

"常规的学生只有八个，所以学校一直是赔本经营的。"另一个母亲说。

"但是，说实话，这个学校真的很好，我都乐意多付一些钱让它能运转下去。"她补充道。

我的感受是一样的。我可能不容易弄到更多钱，但我会想办法弄到的。

那天整个上午我都在看这封信，几乎想要用魔法重写这封信，好让这一切只是一场梦。但这不是梦。

当我接受了事实后，我为凯丝和工作人员感到深深的遗憾。当然，我也有点觉得他们让我失望了。他们本该早点告诉我他们有困难。毕竟，我就在一周前才去过那儿，谈论着小弗上报的事。但我最主要的是同情他们。他们是那么温暖而认真的人。在我们这样的小型农业社区里，他们去哪找别的工作呢？

当然，我最担心的还是小弗。我们经历了艰难的战斗才把小弗送到了对的幼儿园，而且凯丝和她的同事们把小弗照顾得这么好。而今，我感觉我的世界崩塌了。我真的觉得我们往前迈了一步后又往后退了二十步，甚至更多。我感觉在很多方面我们都回到了起点。我想哭，事实上，我真的哭了。

我不知道该怎么告诉小弗。他的担忧表现，现在变得更厉害了。他坐着的时候会摇晃身体，想告诉自己一切都很好。"没问题的，没问题的。"他会不停地自言自语。

不能回到幼儿园，或者更糟的，要去一个新幼儿园，这种念头对他的生活就像一个引爆的炸弹，把他的生活卷入彻底的混乱之中。

虽然这么说，我其实有点怀疑小弗是不是已经知道现状了。小弗可能在几周前就意识到在发生的事了。或许，是这催化了他在夏天之初每晚给我们地狱般的漫长煎熬？或许不只是一位老师的离开？或许他得知了幼儿园有困难？我可能永远无法知道。我知道的，是我面临着问题，很大的问题。

🐾

公立学校几天后就要放假，而六周后，到 8 月中旬就要开学。基本上，我只有这段时间能给小弗找一个另外的学校。

如果需要的话，我倒是可以让他在家和我一起待一年。到他五岁时要进行小学教育是强制性的，但之前的幼儿园并不是。只是我知道在家等待毫无益处。小弗进步成长的唯一方式就是和外部世界尽可能多地互动接触，而不是缩进家的泡泡里。这个观点是所有治疗师和我们接触过的其他专家一致同意的。而且他现在需要更进一步，需要一周上五天学；我需要让他继续上学，但是去哪呢？

最直接的选择是巴拉特的公立学校，但说实话，我们不觉得那里适合小弗。我们并非傲慢或挑剔。我们知道那里是一所为本地社区提供了良好教育的优秀学校。但我们同时感到这里和小弗完全不合拍，不管从短期还是长期来看。那里的幼儿园是大学校的一部分，这对于不喜欢太多其他孩子的男孩来说是个巨大的挑战，甚至有可能是倒退的一步。

不幸的是，我的选择很少而且需要马上开始调研这些学校，于是这所学校是我的第一站。校长很快给我回了话，说幼儿园尚有名额，但由于小弗需求特殊，她要和老师们商量一下是否接收他入学。

"我相信你能理解。"她说。

我完全能理解。

在理想情况下，我无论如何是不想让小弗去那所学校的，而这一延迟正好让我有机会实施第二计划。

我预约与卡拉西一家很小的学校的校长见面。学校原建于1873年，是为了向巴尔莫勒尔和英韦卡特庄园，以及卡拉西与阿伯杰尔迪斯村提供教育的。这是家讨人喜欢的传统风格学校，里面有三个教室和一间小餐室，学生们在那吃午餐。操场很大，有硬地、草地、树林和与之相接的游乐区。学校甚至有自己的宠物兔子。但它真正的魅力在于班级的规格：整个学校的人数从不超过十五人，少的时候只有十二人。他们共享两位老师，校长和另一位优秀的教师；此外还有一位班级助理老师。这几年来，我去参加过那里的学步儿童小组、颁奖活动、早间咖啡会和圣诞剧演出。我喜欢那种友爱的气氛，这里很多方面都很像巴拉特的幼儿园。这是个照顾学生、助学生成长的环境，而且我看过很多庄园里的孩子上完这所学校都取得了优秀的成绩。

总而言之，在我看来这里对小弗是完美的。

从家开车去学校很近，所以我几天后去拜访，和校长聊了一会。我开门见山地问小弗能不能从幼儿园转为全日制学习。我的理由很简单，他不能上小学的原因只是他出生的日子比入校截止日晚了一天。如果他早生几个小时，生在2008年2月29日而不是3月1日，他这会儿都该量尺寸做校服了。这几个小时有什么实质的差别呢？

校长非常理解，但她说只能遵守规定。他唯一能够"破格入学"的条件是他来自军人家庭，四岁之前在英格兰或威尔士上过学，然后随家人迁到苏格兰。这真让人沮丧。**为什么上天诅咒我，让我生孩子花了这么久？**我自己想着。

然而，好消息是她非常乐意把他收入学步儿童小组。

"我确定我们可以等到 8 月再把他收入正式学校。"她说。

那段时间对我和克里斯而言真的压力很大。我们本想尽量让小弗直接转入全日制学校，好让他和学校都经历最少的焦虑。然而现在，即将到来的是最大化的混乱。我们一想到之后的几周和几个月就害怕。

最终我们提出了一个折中计划。如果他们愿意接收他，他可以一个礼拜三天去上巴拉特学校的幼儿园，两天去上卡拉西的学步儿童小组。如果卡拉西没有问题，我们就让他 8 月去那里上全日制学校。

一切看起来都很顺利。不幸的是，只要是关于小弗的事，"顺利"这个词往往不适用。他可能和其他的孩子之间会出问题，可能和老师出问题，可能干脆拒绝整个学校。一帆风顺是不太可能的。但这个老故事我们已经经历过了：我们的目标变了，我们得随之改变。

幼儿园的最后一天是 6 月 27 日，很奇怪的巧合是，这是比利到来的一周年纪念日。正如预料到的，这是非常伤感的一天。

我真是伤心欲绝。在过去的大概二十个月里，他们对小弗产生了巨大的影响。是他们最先看到，小弗在爱生气的小男孩外表下，其实有着甜美可爱的个性。并且，他们在很多细微的方面都让小弗有所成长。比如，他刚到那里时对做游戏没有什么想法，只是坐在地上，找到离他最近的会转的东西用手拨弄。而现在，他能够和其他孩子一样做些创造性的游戏，比如假装在家做饭。这件听起来微不足道的小事在小弗的世界里是往正确的方向迈进了一大步。

另外很重要的一点是，他们给了我一些自己的时间。我每周被赠予的六个小时十分宝贵，尤其我可以用这段时间陪伴皮帕，她那时刚刚降生，正需要很多关心。

🐾

几天后，巴拉特学校给我回信，说他们同意接收他，这让我松了一大口气。考虑到小弗的情况，他不可能在新学校开学的第一天"贸然"地直接上学。他需要一点时间来了解新的环境和老师们。所以我的第一要务是带他去学校熟悉一下，我试着打了电话，但没人接。

第二天，我正好开车去巴拉特办些事，于是决定直接开车去看看。我知道学校在夏天偶尔也会开放。我带着小弗，想着我们可能会走运。但是没有。我们能做的只是在外面盯着学校看，这起了反作用，因为小弗开始产生了问题。

"我会跟谁坐在一起？谁是我的老师？"

我后悔带他去那儿了。这次经历只是加强了他的焦虑。而这，是他——事实上是我们所有的人——最不想要的。

即将到来的巨变对我们提出了更多的要求，我知道有几件事必须立刻解决。

一天早上，在小弗完成了常规的早餐流程后，屋子里很安静的时候，我拿出几件东西放在厨房的操作台上，在旁观者看来，这种组合一定显得很奇怪：一个煮蛋计时器、一本图画书和一个塑料便盆。

喝完了早上的一杯茶，我深吸了一口气，把三样东西都放到了楼下的卫生间，然后到客厅去找小弗。我准备第无数次挑战小弗的棘手问题：如厕训练。

这个训练已经太迟了。他现在四岁，仍然穿着尿布去学校，这不太好。他刚开始上以前的幼儿园时，这没什么反常的。那里的很多孩子不超过两岁，和他一样，都没有经过系统的如厕训练。然而，后来，每个其他的孩子都学会了自己上厕所。而小弗坚定地拒绝，连考虑一下都不愿意。每当我和克里斯让他脱下尿布去上厕所，他就会大喊，几乎把房子喊塌。在他的头脑中，使用尿布上厕所的方式已经深深扎根了，他根本不会去想其他的方式。

现在这对我们来说成了真正的问题。在以前的幼儿园，凯丝很支持我们。她有照顾自闭症儿童的经验，知道这件事早晚能解决，然而这个时刻取决于小弗。可能就是下周，但也可能是明年或更久以后。遗憾的是，我们不能再等那么久了。

我无法不把他如厕这一点训练好就让他去新的幼儿园。这会很难堪，不只对我，也对小弗，因为这会将他和其他孩子更加区分开来。这会使他显得更"特殊"。

就好像这给我的压力还不够，心理医师给我发来一封长信，重复了一遍她给我关于如厕训练的一长串建议。

这一次，内容写得更加详细，还有下划线和着重点。这封信显得很强势，而且说实话，有些指手画脚。我指导小弗完成过很多事。我确定我可以引导他学会上厕所，不需要有人把我看成根本不会养孩子的白痴。

信里面有一些我会注意的内容，但其他的我决定忽略。我要用自己的方式去做。

我的姐姐给我一条建议，给小弗买一本关于如厕训练的书。

"这给了我的两个男孩很大帮助，露易丝。"她说。

当我发现关于这方面书的数量和其中的想象力时，我震惊了。有的书是关于海盗和救火队员上厕所的，还有的书专门面向不敢上厕所的孩子。我选了几本比较有趣的带插图的书，在小弗睡前给他读。其中一本有个有趣的技巧，用煮蛋计时器让孩子在便盆上坐尽量长的时间。这在我看来可能会适用于小弗。

前一天晚上，我告诉小弗明天早上会开始如厕训练，所以他对发生的事并不很惊讶。

我知道关键在于让他坐在那里时不能让他觉得无聊，于是我把书也拿了过来。

"如果你坐在上面五分钟，我奖给你一块饼干。"我说。

他带着疑问看了我一眼，好像在确定我说的是真话。然后他思考了一会，点了点头。

于是，我在那蹲着，在小弗的边上，手里拿着煮蛋计时器。小弗坐在便盆上，尿布褪到膝盖。

我能看出小弗已经开始不安了。

"我不想待在这，"他说，"我不想。"

"听话哦，等到沙子流完就可以了①。"

我盯着计时器，里面的沙子就像在以慢动作流动。接着，我看到门被推开，一个熟悉的身影进入了视野。

是比利。

我不知道它为什么决定进入卫生间。它是听到我们说话，被声音吸引了吗，还是他察觉到了小弗的抱怨？一如往常，我完全猜不透。我只知道我很高兴看见它，更让我高兴的是它纵身一跃到我们身边，把头轻轻地搭在了小弗的肩膀上。

---

① 这是沙漏型计时器。

"看呀，小弗，比利也想让你用便盆呢。"我说。

小弗又在那里坐了几分钟。还没等我反应过来，五分钟就到了。

我并不想马上把我的训练计划告诉别人，我怕听到反对的声音。

第二次尝试的时候，我故意把门开着，好让比利听见我们。它毫不迟疑地过来了，又坐在小弗身边。这次我让小弗拿着计时器，他被深深吸引了。当沙子最终流完时他仍坐在便盆上，抚摸着比利和它讲话。更棒的是，他完成了一次小便。

"好孩子，小弗，"我兴奋地说，"再给你一块饼干。"

我知道小弗很快就会把这告诉克里斯，因此那天晚上把孩子哄上床后，我忍不住爆出了消息。

"你可能不相信，但小弗今天在便盆上坐了五分钟。"我对克里斯说。

"真的?"他吃惊地说。

"而且这已经不是第一次了，昨天他也这样做了。"

克里斯比任何人都知道要小弗到达这一步有多难。但他同样知道我们离高枕无忧还很远。

"我觉得这事能做成，很大一部分要归功于比利坐在他身边。"我说。

我能看出他又像平时一样半信半疑。

"这样好了，下次你来训练他，看看效果怎么样。"我说。

"好啊！不如我今晚在他睡觉前就试试。"

大概一个小时之后，当我在照顾皮帕的时候，我听见克里斯和小弗上楼的声音，几乎同时，我听到了门廊上那独特的猫洞声响。

当我探出头往走廊里看时，我看到一个灰色的身影一闪而过，消失在楼梯上。我在楼下照看皮帕，花了几分钟把她哄睡着。等我上楼时，克里斯正在小弗的卧室，把他放进羽绒被里。像往常一样，比利也在。

"进行得怎么样?"我问。

"不错。"他答道。

"比利进来了吗?"我说。

"是啊，有趣的是，它来了。它把门顶开，然后跳到我们身边。"

"你不觉得这有点怪吗?"我问，刻意避开眼神交流。

"是啊，我想是的。"他说，同样也不看我。

我知道克里斯不会直接承认，但很显然，这也是他在想的事情。

接下来的几周漫长而艰难。有的日子里，小弗会手里拿着煮蛋计时器，好好坐上十到十五分钟；另一些日子里，他连坐下都不愿意。正如心理医师预计的，有意外情况发生。

有几次，小弗有点生气了，但我听从了医师的建议，没有小题大做。

慢慢地，他明显变自信了，甚至可以自己进到卫生间里。而这带来的唯一问题是他有几次把自己锁在了里面！

第一次发生的时候，我正在厨房里，听到楼下卫生间里传来一阵悲痛的呼叫："妈咪，妈咪。"

他不知怎么转动了门上的锁，然而上完厕所后，发现自己打不开它。我试着鼓励他再试试，但他变得焦虑起来。

"小弗不喜欢厕所，"他一直说，"让它消失。"

最终我只好采取激烈的方式，用螺丝刀把锁拆了。我看到小弗缩成一团，坐在淋浴隔间里。

然而，除了这样倒退的时刻，他一直在朝正确的方向前进。一个周末，我们开车去克里斯的母亲家，路上没出任何意外。我带了一些尿布，以防出现不测的情况，但小弗没用上它们，这让大家都很高兴。随着暑假接近尾声，新的学期就在眼前，我暗自感到很有信心，因为我们又攻克了另一个挑战。我可以深吸一口气，做好迎接下一项的准备：他的新幼儿园。

🐾

距离开学只有一天的时候，我们终于有机会看看巴拉特学校的新幼儿园。

我们和学校好好交流了一下，解释了小弗的情况，以及为什么要提前熟悉一下学校。他们邀请我们在老师休完暑假归校后过去看一下校园各处。不走运的是，这时距学校秋季学期的铃声响起只剩二十四小时了，这不算理想。

　　去的路上，小弗在车里有些担忧，没说太多话。我们带了皮帕一起来，我们四个把车停在了校园外，走进了现代风格的大楼，教学楼笼罩在克雷登达洛克山①的影子中，这是巴拉特地区一座高耸的山。

　　学校建于20世纪50年代，但看起来仍然很摩登，里面建了宽敞的大厅和长长的走廊，教室都在走廊的同一侧。小弗在走廊里从来都不自在，于是我们刚走进去他就开始自我安抚，事实证明他这样做是有道理的。

　　突然之间，一阵非常响的铃声响起。这是学校办公室的电话铃声，然而学校连接了一个系统，使得楼内所有地方都能听见。铃声震耳欲聋，我们四个都吓了一跳，而小弗尤其吓得一动不动。我只好抱住他来安抚他。发生这件事后，我就知道接下来的参观都无关紧要了。我太了解小弗了，明白情况已无法挽回。

　　幼儿园的老师见了我们，给我们展示了她所负责的学校区域。因为这所幼儿园是一个比较大的学校的一部分，学校

---

① 原文 Craigendarroch。

里的学生最大到十一岁，因此这里的气氛非常不同。我走进时就有所感觉，而作为一个极为敏感的孩子，小弗一定感觉更为明显。他看上去紧张而忧虑，一直抓着我的手寻求慰藉。

回家的路上我没问他太多问题。我不想小题大做。我能看出他已经开始为此担心了。我知道，接下来的日子里我们将迎来真正的挑战。

公平地说，学校很尽力地想让小弗在第一周内感觉舒适。第一天，老师就把他介绍给幼儿园的所有人，但显然他多数时间都躲在角落里一个人玩，就像在以前的幼儿园那样。这天没发生什么大的意外便过去了，但他看到我时似乎很高兴，回家看到比利后更是格外高兴。

我觉得事情进展得不错，但不久，问题就出现了。

开学的第三天，我到学校后发现小弗状态很糟，他正哭着，显得很焦虑。

"怎么了，小弗?"我问。

"厕所很淘气。"他说，紧抓着我的手。

我没和学校说他刚刚接受如厕训练的事，主要因为我不想他被进一步贴上"反常"或"难对付"的标签。但我突然想象出他发生了吓人的意外情况的场面。

结果，事实是另外一回事。

学校的厕所里安装了顶部风扇，在灯亮起的时候就会自动工作。小弗和其他一些男孩一起被带到厕所，而老师打开了灯。很响的机械或电子噪音一向会惹恼小弗，尤其是意外出现的时候，于是他有些情绪崩溃了。

幼儿园的老师看起来有点吓坏了，但我告诉她不要担心。

"小弗这样生气不算很少见。"我说。

然而，几天后，她又把我拉到了一边。

"小弗今天又生气了，"她说，"我一个同事想带他通过大走廊走去大礼堂，他不想走那条路，而她坚持要他跟她走时他真的很生气。"

她说"真的"这个词的样子让我觉得，小弗很可能发出了凄厉的大喊大叫。

我向她解释了我们第一次来学校时铃声的事情。

"哦，这就能解释他为什么一直在说铃声的事了。"她说。

我们简单讨论了一下怎么安抚他，然而问题是他心里焦虑的种子已经撒下，很快就生了根。

接下来的日子，他把焦虑带回了家。小弗会把同样的事情说一遍又一遍，即使是为什么事开心的时候。而如果他不开心，他就会超速运转，会把一件事说一遍一遍又一遍。

那些最初的日子里，他一天要把同样的事说上四五十遍甚至六十遍。

"我不用走过走廊。"他会说。

"我不喜欢铃声。"

"厕所的风扇很吵。"

过了几周，他完全陷入负面状态，有时会怕得浑身僵硬，就像是有人要他从五十层的高楼顶上走下去一样。他睡不了几个小时，就会醒来，说起那些事。

克里斯会起床去看他，花上半个或一个小时减轻他的担心或是给他读故事，好让他继续睡觉。这让我俩都筋疲力尽。有的晚上——甚至还有早上——我们甚至觉得这一切都是白费力气。

克里斯会在凌晨就到楼下厨房去给小弗准备早餐，而我负责处理他醒来后会提出的一系列抗议。

"我不喜欢铃声，妈咪，我不喜欢铃声。"

有几次，我们决定不送他去学校，好让我们歇一歇。幼儿园不是强制性的，所以这没什么问题。然而我们知道，我们不能经常这样做。继续上幼儿园对小弗至关重要。如果他中断上学，他就会缩回自己的壳里，然后，我们已经取得的部分或所有进步就会一笔勾销，过去两年的辛劳努力就会消散如烟。我们知道，我们必须渡过这一关。

对学校公平地说，他们很密切地跟我们沟通，并采取了措施来处理这两个大问题。

首先，他们开始在小弗去厕所时不开灯了，这样一来风扇也就不会响。然后他们规划了一条路线，让小弗需要穿过教学楼时可以从学校外面绕道。他们领他从防火通道出去，绕过空地，再进入礼堂，从而避开了走廊。

他们还邀请我过去，讨论其他的方法。我们甚至讨论到了小弗能不能带比利去学校。

小弗已经开始在班里谈到比利，老师就想如果他最好的伙伴在他身边，会不会帮他克服对走廊的恐惧，更主要是对铃声的恐惧。

我们没用多久就想清楚了，这是不可行的。不仅有健康和安全方面的隐患，而且这可能让小弗更被注意。同时，这对比利也不公平，它从没离开家太远过，更不可能让它每天都在教室里坐上几个小时。

如果是几年前，我们在这种状况下很可能陷入无法打断的恶性循环之中。而现在的不同，当然是我们有了一只了不起的猫。

在那段紧张而艰难的几周时间里，它总是出现在我们身边。每当小弗开始为走廊或铃声感到焦躁时，它就会出现，而且常常比别人提前一步。那段时间有几次，我和克里斯走上楼时，发现比利早已就位了。它或是蜷起身来躺在床下或是直接躺在小弗身边，以它的存在安抚小弗。

这只猫简直是千里眼，我想。

当然，这种场景我们以前都见过，但每次看到还是觉得颇为惊人。我们安抚小弗要费好大的劲，然而比利几秒钟就能化解情况。到了现在，即使克里斯的抗拒也开始瓦解了。

"你注意到了吗，比利现在晚上出门不像以前那么多了？"一天晚上我们躺在床上时，他说。

这是小弗去了新幼儿园，比利不知第几次帮我们使小弗平和下来。

"嗯。"我说，预感到他要说什么。

"这很奇怪，因为对它而言现在可能是一年中最好的外出捕猎时间。"他说。

"嗯。"我说，自己偷偷微笑着。

"好像比利知道小弗什么时候会出现状况。"

"嗯。"

"这只猫没看上去那么简单。"他说着转过身去，关上了他的床头灯。

"嗯。"我说，也关了灯，用尽全身的力气忍住不笑出声来。

第14章　汤姆和比利

随着夏日临近终结，小弗慢慢地适应了新幼儿园。走廊和学校里的铃声仍然使他困扰，但万幸的是他提起这些事的次数从一天几十次降到了只有几次。他基本上再也不在夜里醒来谈论它们了。

另外，让他从校外绕路避开走廊的安排也效果良好，至少目前如此。天知道如果冬天来了，而他要在外面的雨雪里艰难地跋涉，会是怎么样。但我们一如既往地决定，船到桥头时再去考虑吧。

他每周去卡拉西学校游戏小组的那两天也帮他平静不少。他在那里很自在，比较小型的班级设置和鼓励孩子的环境真的很适合小弗。能体现他们有多体谅我们的一个例子是，在我和校长说过巴拉特发生的问题后，她关掉了学校的所有铃声。这让我更为确定，我想让小弗在即将到来的8月去那里上全日制学校。这是他在学校取得成功教育的最好机会，我十分确定。

现在距离他那次大退步的事件已经有几个月了，我开始感觉到事情再一次朝正确的方向前进了。

重新开始取得进步的一个迹象是小弗对电视节目的品味改变了。重复和常规的事情让小弗开心，因此他很长一段时间只看一些固定的十分幼稚的节目，这些节目是面向学前儿童和婴儿的。他尤其喜欢BBC的《花园宝宝》，里面有一群五颜六色的角色，名字叫伊古比古和伍茜迪西之类，他们住在神奇的花园里，里面充满了巨大的雏菊和其他颜色鲜艳的花。他把这节目看了一遍一遍又一遍。久而久之，我从心底对节目里的某些场景，尤其还有一些角色的声音，感到厌烦。小弗喜欢看他们是因为这些角色话不多，内容主要由形状、声响和颜色构成，他理解起来可能更容易。但终于，他开始看一些稍微进阶的东西了，尤其是动画片。后来，他爱上了《猫和老鼠》，这让我挺高兴。谁不爱《猫和老鼠》呢?

一天，我在客厅里看杂志，而他正看其中一集动画片。笨猫汤姆一如既往地被老鼠杰瑞耍得团团转，小弗开心地大笑着。

突然，他转向我，说:"妈咪，比利和汤姆一样。"

一开始我以为他只是想说比利长得像汤姆，因为它们确实长得有点儿像。于是，我坐下和他一起看这部动画，我发现还有其他的相似之处，有时是些很搞笑的地方。当然，最明显的是比利也常让我们大笑。

比如，比利和托比的关系就很好笑。它们两个总的来说不接触。托比越老越不爱动了，它每天的多数时间都在房间里四处打盹。然而时不时地，托比和比利会在地毯上摔跤，这真的很像动画片里的场面。它们有一种怪异的仪式，像是相扑选手先跺地几下那样：托比会挥着尾巴绕圈子，而比利则紧盯着它看。突然之间，托比就会跳起来落在比利的肚子上，用自己的身躯压制住比利。然后它们就会滚成一大团灰色的毛球，直到托比气喘吁吁。这一切都花不了太久。

比利要年轻得多，健康得多，也有力得多。我确定如果它愿意，它可以甩开托比然后好好揍它一顿。但它们只是闹着玩，没有攻击性，也没有低吼和尖叫。比利显然很乐在其中，每次都让托比那样压制它。唯一的坏处是地毯上会留下一层灰毛，但是，我并不介意，因为这实在是太有趣了。

比利在花园里也是一个开心果。花园角落里有棵小树，它和小弗玩时很喜欢往上爬。前一秒它还在小弗脚边跑着，下一秒它就像松鼠一样蹿上了树枝。当它到达顶端后，它会做一件好笑的事：用腿钩住树干，用拥抱的姿势，放松自己，随微风摇动。小弗和皮帕都觉得这非常好笑，它会在那里挂上几分钟，往下看着他们，而他们往上指着它，大声笑着。

"看比利呀，看比利呀。"小弗会喊道。

有几次，我敢发誓，它是故意为了博取他们的开心反应才那么做的。

和托比一样，比利总是在寻找额外的食物，因此吃的自然成了它搞笑恶作剧的一大部分。

一个夏日，我们都在花园里，坐在从以前的家里带来的垫子上。这时比利走进了我们的视野。它在早餐后就出去游荡，此时回来，可能是准备和小弗一起玩。

皮帕首先注意到了它的状态，然后小弗喊道："看比利呀。"我和克里斯四处找着，以为它不是抓到了什么，就是又沾了一身东西。当我们看到它的前身变成了黄色时，我们大吃一惊。

黄色一直延伸到它的前胸和它的大腿上。孩子们觉得这好笑极了。他们显然觉得它像是在鸡蛋的蛋黄里泡过一样，因为小弗开始叫它"蛋比利"。皮帕很崇拜她的哥哥，而且到了一个一直模仿他的年龄。

"蛋比利。"她重复道。

我带比利进屋，好给它洗澡。我怎么也看不明白它身上沾的是什么，直到我闻到了一种特殊的味道——是姜黄，一种咖喱中常用的香料。可能它去翻了垃圾桶。这很难清洗，黄色花了一周才褪掉。

和汤姆一样，比利也习惯于让自己陷入最可怕的窘境之中，有些时候很好笑，有些时候则不然。其中比较有趣的，是一次只有它和皮帕在家时，那时小弗在上幼儿园，而克里斯在工作。家里变得特别安静，于是我站在楼下的楼梯处往上喊道：

"你还好吗，皮帕？"

"是呀，我挺好的，妈咪。我在给比利换尿布。"

"什么？"

"我给它换尿布呢。它屁股长疮了。"

我刚踏上第一级台阶，比利就飞奔了下来。它身上涂满了白色的黏糊糊的东西，那是皮帕的尿布膏。

"比利，你看看你的样子。"我边说边拿了几张厨房纸巾，准备给它清整。然而我还没能碰到它，它就跑掉了，从猫洞逃走了。

它在外面待了几个小时，回来时简直一团糟。尿布膏变得又干又硬，它看起来就像个棉花糖，我千辛万苦才把这东西弄掉。

当然，比利会让自己陷入更严重的麻烦，而且直到现在也是。最近最吓人的一次遭遇发生在夏末的一个周末。谢天谢地，当时我们不在，我想都不敢想我们如果看到了过程会有怎样的反应。

那是一个周末下午，我们从阿伯丁购物回来。我们正在停车，我注意到草坪上有一块十分脏乱的地方。克里斯早上刚修过草坪，我们出发时草看起来相当整洁。

我立刻有了不好的预感。

"这里发生了什么?"我对克里斯说。

我凑近看，只见草地中间有一大坨动物粪便，旁边还有一堆毛。更仔细地察看，我看清了那是什么毛。是猫身上的毛。

哦，不。

即使不是福尔摩斯，也能看出发生了什么。从我家门前的路往北开车一小段就是皇家蓝爵酒厂，过去几周里那里出现了一只拉布拉多狗。因为我们住在农业地区，周围有很多家畜，所以多数人都知道把自己家的狗看好。但不知为什么这只狗被放任随便跑。它经常四处疯狂地乱跑，惹出各种麻烦。

它曾不止一次跃过我们低矮的花园栅栏，在我们的草地上大便。我曾经有一天早上透过厨房的窗户看到了它，于是跑出去把它轰走，它跳过栅栏，向山上酒厂的方向跑去。

"那只该死的狗又跑到花园里来了，"我对克里斯说，"看起来它好像攻击了我们的猫，可能是可怜的老托比。"

按逻辑推测，觉得是托比更合理。那段日子天气温暖，托比会到花园里冒险，有时躺在一个角落里晒太阳。

它年纪大，动作慢，所以如果那只拉布拉多突然出现，托比肯定无法逃走。比利那么敏捷多谋，是不会被抓住的，我确定。

两只猫都不在后面的多功能间，也不在前面的门廊，于是我把买的东西和孩子们都送进屋后，就立刻上楼去看它们是否还好。意外的是，我发现托比正在它常待的卧室暖气片边打盹。

我蹲下来查看它，它看起来安然无恙。

"看起来是比利和狗打了一架。"我对克里斯说，他已经在清理草坪上的脏乱了，因为孩子们待会儿还要出来玩。

"我弄完后就在周围找一下比利。"他说。

"我去做吃的，孩子们吃完后我来帮你。"我说，"也说不定那时候它就出现了呢。"

然而，大概一小时之后，仍然不见比利的身影。那是个晴朗怡人的傍晚，鸟儿正在树上歌唱。我和克里斯决定分头行动，我沿着上山的路去酒厂，克里斯骑自行车去庄园。

这又是一次大海捞针。比利可能在任何一个地方。但我真的很担心，所以我决定至少要试着找到它。

然而，我知道我不能离开孩子们太久，因此我不断地折回家去查看他们的情况。大概经过了三刻钟的来来回回，我没有什么成果。之后克里斯很快回来了，同样没有比利的消息。

"也许它躲起来了，想等到天黑。"克里斯没有信服力地说。

我们两个都无法放松。幸运的是，小弗现在已经习惯了比利不在，尤其是晚上，他已经独自睡着了。

就在我们上楼准备睡觉时，我们听到了猫洞那里独特的响声。

我打开前门，看见比利蹒跚地走进来，看起来被折腾得够呛。它显然经历了一场可怕的搏斗，它身上的一大块毛都掉光了，那只狗肯定抓住了它的身体中间，所幸只是擦伤，没有深处的伤口。于是我拿了一条毛巾，清洗它的伤口。

我在它的伤口上轻轻按着，脑中掠过各种各样的想法。

天知道那天上演了怎样的一幕。很可能就像是《猫和老鼠》中汤姆和那只叫斯派克的狗打架的情形，只不过要真实和血腥得多。我真高兴小弗没有看到那一幕，那会给他留下心理创伤的。更重要的是，我很庆幸比利没有缺胳膊少腿地回来。

第二天早上，它看起来没事。吃过早餐后，它跛着脚走进客厅，就像没事一样躺在小弗旁边。小弗注意到了它背上的伤痕，但没说话。他只是对它格外温柔。比利一定浑身酸痛，很可能更想在多功能间里睡觉，但它坚持来陪伴它的朋友。就这一点，比利也很像汤姆。

《猫和老鼠》的剧情并不总是关于汤姆试图抓住杰瑞的徒劳努力。很多集数里，这一对都展示出了真正的友情和对彼此生活的关心。比利也对小弗投入了同样的感情，有时超越了职责的要求。

和狗的大战再一次展示出比利是个具有野性的角色，它懂得怎么在外面照顾自己。然而它却愿意让小弗把自己当成玩具看待。有趣的是，最近几周它甚至愿意让小弗把自己像娃娃一样抱着走来走去。

我第一次看到这个情形时，差点被茶呛到。

"小弗，你在干什么？你会伤到比利的。"我看到小弗抓着比利的肚子。

"不会的，它喜欢我把它举起来。"他说，"看。"

他把比利放到地上展示给我看。他弯下腰，把手放到比利的肚子下面，然后站起来。于是，比利就这样无力地挂在那里。

"而且它喜欢我带着它到处走，看。"他说着笨拙地走起来，手里拿着松垮而淡定的比利。

我真的非常惊讶。我们已经试着让小弗用双手拿东西好几年了，然而因为他的肌张力减退他很难做到这一点。他连把杯子和盘子从厨房拿到客厅都很难。而现在，他却能抱着比利到处走。

　　比这更不寻常的是比利允许他这样做。如果皮帕或克里斯或我想要这样做，它一定会从我们手中挣扎着逃开，我毫不怀疑。

　　这不难看出他们现在的交情有多深，他们有多信任彼此。他们成了另一个版本的汤姆和杰瑞：小弗和比利。

第15章　怪物狂欢

巴尔莫勒尔的夜幕已经降临，而庄园里却是一片生机。各户人家穿着毛绒帽和反光服走在去城堡的路上，手里拿着明亮的手电筒照亮面前的路。沉默不时被鞭炮的乒乓声或火箭弹烟花飞上天的嗖嗖声和在远方炸开的噼啪声打破。

时值万圣节，庄园里的每个人似乎都做好了庆祝的准备——甚至我们也是。

这一传统据说要追溯到维多利亚女王时期，每年10月，她都会参加一个盛大的火炬游行。她会和庄园的男仆、猎场看守人、家仆、房客及他们的家人一起走向城堡，那里每到万圣节都会点起一团巨大的篝火。我在庄园的历史中读到过这种记载，听起来是个盛大的聚会。狂欢的人们向君主敬酒，转着圈跳舞，甚至焚烧女巫和巫师的塑像。显然，维多利亚女王喜欢看到大家穿着恐怖的装束，这被视为巴尔莫勒尔一年中的高潮时节。

仪式在一百多年后的今天仍然留存着，只是王室家庭不再参加了。家族的一些年轻人常会来庄园庆祝万圣节，但他们往往在自己私人的狩猎小屋举行派对，这些小屋分落在广阔的巴尔莫勒尔地区的星星点点处。城堡的派对现在基本只是面向庄园的员工及其家人的。

过去，小弗对万圣节的态度很复杂。在我们来苏格兰的第一年，我们刚搬进门房的时候，我用厚大衣裹着他，带他去看一个扮成女巫讲故事的人，她在靠近城堡的一个小屋里给孩子们带来欢乐。他很喜欢她的故事。他还喜欢当天外面准备的小型焰火表演。不幸的是，他对庄园员工每年给孩子们准备的万圣节派对没有同样的好感，于是我们每年都避开不去。以前的小弗是不会参加有其他不认识孩子的大型聚会的，尤其是那些孩子还穿着吸血鬼德拉库拉或者弗兰肯斯坦怪人的装束。

因此，他今年的态度真的是一种进步。也许这和他参加游戏小组有关，他们今年为万圣节大费周章，刻了南瓜，还做了尖顶的女巫帽。不知怎么，才到10月中旬时，小弗就开始问有关万圣节的事。

"万圣节那天会怎么样?"一天早上他问我。

小弗不喜欢《史酷比》和其他吓人的动画片，而且想到

"不给糖就捣蛋"的情景就感到害怕。陌生人到我们家门前一直都是个问题，而小弗也不可能会去敲别人家的门，即使他知道开门的会是谁。于是我只是强调了我知道万圣节会吸引他的那部分。

"哦，只是一天晚上，人们把自己打扮一番，去看篝火和焰火，孩子们还能得到很多糖果。"我说，"你以前参加过的，记得那位给你讲故事的女巫吗？"

"记得。今年小弗可以打扮吗？"他回答道。

"当然可以。"

"小弗可以穿特殊服装吗？"

按小弗的惯性，这次谈话后他的主意会变上几十次，不光是关于服装，还关于他到底想不想去。就在距离我们出门半小时前，他拿定主意要待在家里。他听到外面的一阵骚动，那是我们的一户邻居准备出发去城堡，但他让自己陷入了负面情绪，双手捂着耳朵。幸运的是，我们有比利作为支持，晚上的这个时候比利一如既往地在家。它蜷起身子躺在客厅地板上，和小弗在一起待了一会儿，他的恐慌很快平静了。

于是现在，距离节庆开始大概一个小时前，他高兴了。

我甚至成功地给他穿上了精致的服装。他戴着红色的印有骷髅和骨头的头巾和一块眼罩，穿着同样图案的马甲，里面是印着骷髅的白T恤。他看起来一点也不吓人，事实上，他看起来招人喜爱极了。我忍不住给他照了张相。

克里斯下班回到家，开始换衣服。我们俩非常期待出门。庄园里大家可以在晚上不拘礼节地见面的机会并不多，我们的一些朋友已经开始打电话询问我们是不是还去。他们也知道小弗会反复无常。

"看起来我们是要去的——至少现在是。"我告诉朋友。

孩子们的派对马上就要开始了，于是，我们拿起几只手电筒和荧光棒，然后在皮帕的婴儿车上又绑了几根荧光棒，向着黑夜出发了。

我们在路上遇到了其他的家庭，每家的孩子都很兴奋。小弗几乎一直在聊天，他每走一步兴奋度都在上升。

庆典以城堡前的点火游戏开始。每个孩子都会拿到荧光棒，玩一个叫"跑圈"的游戏。小弗加入了，尽全力赶上那些年龄更大、跑得更快的孩子。他得到了一把糖果作为奖励，他试着把这些糖塞进他已经鼓起来的兜里，但已经放不下了。

"小弗喜欢糖果。"他说，接下来的几分钟一直在重复。

之后，我们前往花园边上的一个旧帐篷，讲故事的女巫已经坐在里面等着了。皮帕和小弗在帐篷里坐下，和一群别的孩子，认真地听女巫的故事。最后女巫给了更多糖果，皮帕高兴得直叫。

我们接着去了庄园的板球场，工作人员在那里准备了焰火表演。这跟奥运会闭幕式比不了，只是几十只火箭弹烟花，但仍然很精彩。小弗非常喜欢这个节目。他挤在我和克里斯中间，分别拉着我们的手，皮帕坐在婴儿推车里。

我不禁回想起一两年前。小弗那时还不能在地上走路，肯定会太紧张太敏感而不敢看烟花炸开的场面。如今当他和别人一起对着每次耀眼的绽放发出"哦""啊"的感叹时，我和克里斯交换了一个不需要说明的欣慰眼神。这正是我们刚刚有孩子时梦想的可以一起共度的场景。我们只有少数几次这类珍贵的经验，但等待总是值得的。

时间还算早，两个孩子显然都很开心。于是，我们前往旅游时节用作礼品店的房子，和其他家庭一起加入了儿童迪斯科派对。

工作人员准备好了三明治、薯片和"蝙蝠血"等万圣节风格的趣味饮料，小弗大快朵颐起来。皮帕也对周围的一切极为着迷。我给了她一块零食、一杯饮料，然后把她和其他的孩子留在了一起。

那里也有为成年人准备的红酒和食物，于是我和克里斯抓住机会和我们认识的一对夫妇聊了一会。我们正在拿着红酒开心地聊着近况，这时我瞥到了小弗。

"克里斯，快看。"我拽了拽他的衬衫，说道。

城堡里的一位管理人员放起了符合节日气氛的诡异音乐让孩子们跳舞，小弗就在小舞池的中间，随着那首大热的老歌《怪物狂欢》①跳舞。

我完全不知道他从哪学会了跳舞，但他跳得很棒，穿着矫正靴子却平衡感十足，跳着一种吉格舞和雷鬼舞的结合体。他就像是斯卡乐②团里的一员，或者就是一个迷你版的疯狂乐队里面的萨格斯，随着音乐有节奏地弓着背、舞动着胳膊。他玩得开心极了。

我们俩都没有智能手机，因此这一时刻没有被录下来永久保存。不过没关系，这幅画面我应该不会轻易忘记，它在接下来的数年都会存留在我的脑海中。这一幕太棒了。

庆祝活动和游戏在晚上八点半左右结束了。我们在黑夜中往回走，我们的荧光棒和手电筒就像是刺进高地广阔的黑暗中的小针孔，我们所有的人都情绪高涨。今晚毫无疑问是我们来到巴尔莫勒尔后度过的最好的家庭之夜。

小弗仍在谈论着迪斯科和蝙蝠血。

"小弗跳了狂欢舞。"他说。

"没错，小弗，"我说，"你的舞跳得真棒。"

回到家时，时间已经远远超过了小弗通常的睡觉时间，我能看出他已经困了，但他仍然和比利聊个没完。

"来吧，睡吧，明天早上还要去游戏小组呢。"我对小弗

---

① 英文歌名为 *Monster Mash*，表演者为 Bobby 'Boris' Pickett and the Crypt-Kickers。

② 一种牙买加音乐。

说，而克里斯则抱起比利把它放到了楼下的多功能间。

"万圣节真好，妈咪。"我掖好他的被子时，小弗说。

"是啊，小弗，"我说，"是啊。"

我和克里斯坐了一会儿，聊着晚上的事。我们欣喜若狂。小弗的表现是我们一两年前无法想象的。他与人群、响声和炸裂声安然共度了一晚，更惊人的是，他加入了社交场合，他甚至跳了段舞。

"他是哪学的啊?"克里斯笑着说。

他会这样自信而自在地跳舞，这是我们之前想都不敢想的。他更可能会在地上边打滚边叫，好似报告死讯的女妖。我们用自己的方式打破了障碍。他越来越敞开自己，逐渐成为一个平常的、兴致勃勃的小男孩。

"我们只要坚持继续我们现在所做的事。"我说。

克里斯笑着点了点头。

"这不容易，但我们在前进，我能确定。"

那天晚上，我躺在床上，脑子里不停地运转着。这一次，我是带着喜悦的心情。我感到充满希望。

🐾

到小弗在新幼儿园和卡拉西的第一学期接近尾声时，他已经取得了相当大的进步。毫无疑问，一周五天都接触其他的孩子带来了很好的影响。卡拉西的老师们尤其鼓励他从自己的保护壳里走出来。当然，还有比利。我毫不怀疑它也是进步的一个因素。起什么作用的因素？这谁都说不准。

有的时候我会坐在厨房里，不做别的，只是看着比利，想要解开它的秘密。它不是那种在网上出名的会击掌或弹钢琴的猫，长得也不算特别好看，事实上，它有些明显的缺陷。但它有些特质，至少对我们来说，是非同寻常的。我们越了解它，越是觉得它非同一般。

它对小弗的理解能力有时真让我们难以置信。在我看来，比利感知事情的方式完全在我们的理解能力之外，尤其是关于健康状况。在小弗对三联疫苗注射反应不良时我们就见识过一次，而在万圣节几周后天气变得很冷时，我们再一次见证了这一点。

我正在楼下的厨房为我和克里斯做一顿像样的晚饭，我开着儿童监视器，时刻关注孩子们的状况。小弗似乎有点感冒了，我给他吃了感冒冲剂，量了他的体温。他看起来没什么事，但我还是预约了第二天的医生，这是考虑到小弗的哮喘，为了安全起见。

小弗睡着后我就离开了。他显然很累，需要好好睡一觉。我正忙着清理料理台时，发现我从监视器里听不到小弗打鼾或呼吸的声音了。我能听到的，只有一只猫不停"喵，喵"叫的声音。

"它又想干吗？"我有点不高兴比利吵到了小弗。

我走到小弗的卧室，发现比利绕着床在转，显得相当焦急。它就像是个神经质的守夜人，在床周围巡逻。

我看到小弗睡得很熟，所以不想吵醒他。

"来吧，比利，差不多就行了。"我轻声说，把它抱到它通常的位置，在小弗的床底下待着。

我下楼继续做饭。

我回厨房还不到两分钟，比利又开始叫了起来。

我暴躁地回到楼上，一把抓起比利，把它抱下楼，放到了后门廊，防止它回到小弗的房间。在接下来的一个小时里，它仍在疯狂地绕着圈子。我没有去理会它。

第二天早上，我如约带小弗去看医生。我以为他不过是得了普通的感冒。但当医生做了几个检测后，诊断小弗的扁桃体得了严重的炎症。

"没错，他得吃一个疗程的抗生素，在暖和的地方至少待上一个礼拜。"医生说。

"你能发现他病得不轻，这做得很棒，布斯太太。"他补充道。

我不敢告诉他，做出专业诊断的其实是我们的猫。

第16章　快乐的圣诞节

稀薄的冬日阳光仍在努力发出光芒，迪河的两岸弥漫着浓重的雾气。

我和克里斯系好了皮帕和小弗的座椅，把最后几件行李和礼物装进汽车后备厢，然后在黎明中出发了。我们面前有很长一段旅程。

我们要开车往南走六百四十多公里去埃塞克斯，和我父母一起过圣诞节。

我一直喜欢和家人共度时光，很期待和我父母、我姐姐及她的家人一起过圣诞。但是，我无法完全沉浸在兴奋之中，因为我知道接下来的十一个小时里，我和克里斯将面对苏格兰的糟糕天气、不可预知的路况，和更加不可预知的小弗。

旅行是这些年来小弗几乎没有取得进步的方面，即使比利也无法发挥作用。

这很讽刺，小弗其实很喜欢汽车，并且花很多时间观察汽车并向我们报告各种不同的型号。但他仍然有一大堆性格特质，可能会导致情绪崩溃并大喊大叫。

比如，他不喜欢阳光直接照在他的脸上，如果我们在夏天不得不朝向太阳的方向行驶，他会变得非常生气。不止一次，当我们在盛夏沿着迪河的河岸往回开车时，克里斯要被迫把车停在路边，等着太阳落山。

太阳眼镜是不可行的，因为小弗不喜欢戴它在头上的感觉。所以我们只好买了一套相当贵的特制网眼车窗贴膜，不让阳光照进他座位旁边的窗户。说实话，这在他抱怨的事情里已经算小的了。

有一段时间，我们有两辆车：一辆黑色的马自达和一辆灰色的雷诺。小弗明显更喜欢黑色马自达，坚持每次出去都要坐那辆车。

大概就在过去的一年里，他变得更抗拒那辆灰车了。这挺有意思，因为他并不知道，我和皮帕在那辆车里曾经出过事。谢天谢地，小弗当时并不在。

那是一个冬天，我正开着车从巴拉特回家，突然驶上了一段结冰的路，这是一段蜿蜒的道路，侧面有一排树。我完全失去了控制，车转了360度，然后刚好停在了两棵树之间的斜坡上。老天爷，如果我往任何一边斜出几英尺，我都会直接撞上一棵树，我和皮帕可能就都没命了。我们安然无恙地从车里出来，但是车的情况够呛。冲出路面时，车从几个树桩上面蹭了过去，底盘基本毁了。

车被送走了六个礼拜进行维修，小弗就是在这时彻底抛弃它的。虽然我们什么都没跟他说，他却好像知道了发生的一切。

当我们搬到巴尔莫勒尔庄园的房子后，我们只需要一辆车，于是我把马自达卖了，这让小弗很恼火。有的时候他会在从巴尔莫勒尔到巴拉特的路上不停地说："我不喜欢这辆灰色的车。"但就像其他问题一样，这一抱怨最终过去了。

当然，在理想的世界里，我们不用开这么远的车去埃塞克斯。阿伯丁机场就在一个小时的车程之外，并且航班很多，但不幸的是坐飞机是不可行的。这要从小弗快到两岁生日的时候说起。

如果要我总结早期和小弗在一起最糟的五件事，那坐飞机从卢顿回到阿伯丁这一次肯定在里面。在当时这可能是第一糟的事。

当时小弗正要过两岁生日，我们在星期六一早坐飞机到了南边。一切太平，我父母在机场接了我们。

问题是在一周后他们开车送我们回机场时出现的。

我母亲和我一起进到了航站楼帮我们。在我办理登机手续时，她抱着小弗，这时一切都还很好。

然而，当我们要坐扶梯上楼去候机厅时，气氛变了。事实上，地狱的大门被打开了。回想起来，我觉得原因在于我手里随身行李箱的轮子的声音。它发出一种很尖的叽叽声，彻底把小弗惹恼了。

小弗坐在婴儿车里，很快进入了狂躁的状态，连额头都热得烫手。在我们经过安检区域时，我感到人们在远离我们，我同时感到很多人在鄙夷地看着我。

"她为什么不管好他?"他们的表情在说。

接着我们排上了一条拥挤的蛇形队伍。当我们到达经过安检机器的传送带时，他们让我把小弗从婴儿车里抱出来。

我只有自己一个人，于是请别人来帮我，然而没人站出来。我忘了是怎么想尽办法，折起了婴儿车，把它和我们其他的手提行李一起放到了传送带上。

然而这时小弗糟糕的状况升级了。情况坏到一名保安甚至问我需不需要看医生!

值得感谢的是，终于有人可怜我，帮我把婴儿车又打开，好让我把小弗放回去。

然而我们接着又要排队下楼梯去停机坪，飞机在那等着我们上去。

我真是备受煎熬。当你处于这样的状况时，没人愿意理你，说实话都没人愿意看你。你感觉就像个过街老鼠。

等到我们在飞机上坐好，小弗已经浑身湿透了。他陷入了极其糟糕的状态，折腾出一身汗，他的衣服滴着水——不是夸张，是真的。

一位亲切的空姐给了我一条湿毛巾来给他降温。但毛巾擦不掉我痛苦的记忆。当我在阿伯丁机场见到克里斯时，我发誓再也不重复这样的经历了。

就是这样，我们在今年圣诞节几天前，天蒙蒙亮时就上了路。我们学会了尽量要让旅行过程没有麻烦，并找了一套对我们似乎行之有效的程序。

我们要开很长时间的车，中间做三次较长的停歇。

为了减少麻烦，我们避免带小弗去上服务区的厕所，因为那里有很吵的干手器，这让他很烦躁。过去几年来，我就在服务区给他换尿布。而他现在已经完成了如厕训练，所以我带了一个便盆在车里用。我们选择那些有家庭专用厕所的服务区，我好在那里清理便盆。

今年的旅程在意料之中顺利度过。这一部分是因为小弗今年破天荒地对圣诞节有点兴趣了。他在卡拉西的王室教堂和学步儿童小组的其他孩子一起演出了耶稣诞生的舞台剧，他扮演一只绵羊，甚至在合唱部分开口唱了歌——这对他而言可不是个小成就。

学校做了很好的预演工作，在正式仪式开始前就带孩子们去了庄严的教堂，以免他们被吓到。我必须承认，我看到小弗和其他的小不点们一起出现在台上时，我的眼眶湿润了。我本已在心里消除了他演出耶稣诞生剧的想法，而这成为另一个我悄悄重新燃起的梦想。

他今年在巴尔莫勒尔的官方儿童派对也更加享受自己。他尤其喜欢女王这年给他准备的礼物，一个叫"跑跑车套装"的玩具。里面有一辆在斜板上的带轮子的玩具小汽车，还有一个按钮，按了之后车就会跳下去。

还有一件让小弗兴奋的事，就是我姐姐的儿子们在圣诞节当天也会到我母亲家来。小弗非常期待见到他们。

我和克里斯交替着开车，我们走得很顺利，在晚上到了我父母家，正好赶上吃晚饭。

小弗在我父母家一直很舒服，他在那里觉得很有安全感。我母亲为我们准备好了饭，小弗吃得很开心，一边开朗地聊着天，一边用勺子喂着自己，这是他最近几个月在琳赛的帮助下学会的。

整个谈话都围绕着两个话题：他从苏格兰南下一路上看到的汽车，以及比利。

他几乎不停地一个短句接着一个短句地说着。

"小弗好喜欢比利，外公。""比利是我的灰猫。""比利抓了一只老鼠。""比利会爬树。""比利很淘气。"

小弗总是在我父母家睡得很沉，我觉得一部分是因为来到这里的旅途让他感到疲劳，但也因为这里比我们在高地的小屋子要热闹得多、繁忙得多。小弗并不能赶得上英格兰东南部忙碌而喧嚣的生活，因此我很高兴我们住在了一个平静的地方。

小弗一吃完饭，就和皮帕一起去睡觉了，他们在我母亲家总是住在同一个屋子里。他上了厕所、刷了牙，然后和我们说了晚安。我让克里斯像往常一样给他读故事，而我在厨房和我父母边喝茶边聊天。

没人比我父母更适合判断小弗取得了多少进步。和克里斯的母亲一样，他们规律性地每隔几个月就见他一次，这意味着他们总是能很快看出他成长得如何。他们看过好的时候和坏的时候，看过进步也看过退步。我的父母是非常心直口快的人，他们不会粉饰现实，一直以来都是直接指出问题，尤其当我疲于应对却又不承认我需要帮助时。

然而今晚，他们说的都是正面的话。

"我们真不敢相信从上次看见他之后他成长了这么多。"我母亲说。

"是吗，不过他真像经历了一场战争，"我说，"夏天的时候，感觉一切都崩塌破碎了。"

"是的，我知道，但即使考虑到这点，他现在也像个不一样的孩子了。他快乐多了。"

他们很久以前就学会需要为小弗做特殊的安排，并准备好面对以往那些复杂的场面。然而让他们惊讶的是，他能这么顺畅地走路、说话、与人交流。至于他能自己去上厕所，以及可以不需要围嘴用刀叉吃饭，简直是神迹降临。

"你知道你做得最好的事是什么吗，露易丝？"我母亲说，"给他找到那只猫。给他带来了小比利。我觉得这给他的生活带来了很大的变化。"

如果说实话，我仍然在为把小弗和比利的关系看得这么重要感到有点傻。即使报纸上有过那些报道之后，我有时还是会怀疑它是不是真的像我想的那样在那么多方面帮助了我。我会不会只是一个分析过度又有点神经质的母亲，在错误的地方寻找着事情的解释？当然，我永远也不会知道。然而我知道的，不管是否巧合，比利到来后小弗取得的进步是实实在在的。那些了解小弗并爱他的人都见证了这一切。而这才是事情的关键。我觉得我像是已经得到了圣诞礼物，于是我决定给我父母他们的礼物。

我看了一眼克里斯，他点了点头。

"其实，我们有个消息。"克里斯说，有点紧张。

我父母看着我，又互看了一眼，然后看向克里斯。

"什么事？"我父亲问。

克里斯朝我点了点头，要我继续。

"我怀孕了。"我说。

我们本来不确定要不要分享这个消息，但每个人的情绪都非常好，于是我和克里斯确定公布出来。我知道可能有点早，我怀孕八个礼拜了。在圣诞快要到来时出了一件有点吓人的事。我在厨房里晕倒了，被救护车火速送到阿伯丁的医院，但事实上是我的血压太低。我现在没事了。

我的父母知道我和克里斯很想再要个孩子，虽然我生完小弗和皮帕已经经历很多了。12月初，当医生把消息告诉我时，我们欣喜若狂。

我的消息使这个圣诞节比以往更值得庆祝了。节日气氛格外浓厚。我姐姐在圣诞节当天早上和她丈夫一起到了，还有她的两个儿子，分别七岁和十岁，只比小弗大两岁和五岁。他们相处得很好，而且那两个孩子似乎把对圣诞节的一部分兴奋之情转移到了小弗身上。

小弗得到了很多礼物，一如往常，他并不真的很关心这些礼物。他更感兴趣的是给他的两个表兄讲述，桑迪和茜拉和他们的孙子默里在我们附近喂比利东西吃的事。

"默里喜欢比利。"他说了几次。

圣诞节的有些事情对小弗是可有可无的：比如圣诞爆竹，主要因为他还拉不动它们。但他总是很高兴在屋里听无聊的笑话，而且总是戴着纸帽子。

不过，他最爱的，还是圣诞食物。他什么都吃，包括火鸡，各种配菜，还吃了一块巧克力豆慕斯作为甜点。

那天晚上我们看了一会电视，然后玩了一会猜字游戏。

小弗也加入了进来，尽管他多数时候都在笑着绕着屋子跑，并不明白游戏是怎么回事，无论如何，这是他第一次这样享受圣诞节，就和其他所有的孩子一样。

第17章　第十六感

新年刚过去三个礼拜，突然一阵冷空气把巴尔莫勒尔变成了冰雪奇境。地上盖上了一层白色的毯子，城堡就像是迪士尼卡通的房子。上面的花岗岩塔楼看起来像是撒了糖粉。

我们的花园里也铺满了厚厚的雪花，于是克里斯、小弗、皮帕和我出门来做所有家庭在这种天气都会做的事：堆雪人。

克里斯几乎包揽了所有工作，我和孩子们一起在边上看着。小弗从来没对雪特别感兴趣过，但他也出来了，穿着他最新款的矫正靴子。

没有加入我们一起玩的家庭成员只有托比和比利。托比躲在屋里面是意料之中的，外面对它来说太冷了。比利虽然出来了，但表现非常古怪：它不时地从花园另一边跑过来，在离我大概两米的地方立定，在我脚边跳跃，然后又跑开。这真的很奇怪。他不对着皮帕、小弗或克里斯这样做，只冲着我。

克里斯和孩子们反而觉得这很有趣。

"比利发疯了，比利发疯了。"克里斯喊着，朝它的方向扔雪球。

我们只是以为它是只爱闹的猫，看到雪很兴奋，虽然成长在高地的它肯定不是第一次身处雪地中。我们估算它是在2010年出生的，那年这里的大雪下得格外可怖。我没再多想什么。

随着新年节庆的结束，生活的节奏变得颇为缓慢，这对我或许不是坏事。我怀孕就快第十二周了，我感觉非常、非常疲劳。自从12月那次晕倒以来，我的血压情况正常，于是我把原因归于一些显而易见的因素：*我岁数又大了一些，我现在已经生过两个孩子而不是一个了*。我这次必须得放松些，我告诉自己。

比利在雪中表现怪异的几天后，变得越来越怪了。周一，它做了一件对它而言空前绝后的事：它在屋子里面上了厕所。

我们家里从来没有猫砂，因为不需要。不管比利或托比，它们总是去外面处理自己的事情。而这天，不知怎么，比利决定走进厨房的一角，在瓷砖地面上撒了一泡尿。当我看到它站在撒在干净地板上的一摊橘色液体旁边时，我既震惊又生气。

"比利，你这个脏孩子。"我说。

这完全是不符合它性格的诡异表现。它是只典型的猫，一般情况下都很干净。然而，这不是它奇怪行为的终点。那天晚上，它跳到了厨房操作台上，这也是它从未做过的事。

"去，下去，比利。"我责怪着它。

它小跑下去，然后开始发狂般地在楼梯上跑上跑下。我走进走廊看着它，很快地，它用奇怪的眼神看了我一眼，然后跑进了多功能间。再次完全出乎意料，它跳上了那里的工作台。

这回，我没有时间责骂它，因为电话铃响了。是我母亲打来的。

"比利表现得非常奇怪。"我告诉她。

"它长跳蚤了吗?"她问。

我们曾经养过的一只猫长过跳蚤，我依然记得那有多讨厌。

"我看看吧，但它应该没有。"我说，"它总是在外面。有可能它蹭到外面的东西，生了什么病。"

我打完电话后检查了比利，但什么也没有。

第二天它依然奇怪。它白天又开始在我脚上跳，从家里的各种犄角旮旯突然出现，然后就跳过来。它有点不怀好意，就像在跟踪我一样。它的表现就像最近我打电话时皮帕开始出现的举动，她会过来缠着我："妈咪，妈咪。"它显然想要以某种方式引起我的注意，但是为什么？我完全没有头绪。

那天晚上，也就是周二晚上，它变本加厉起来。简直难以置信。克里斯去楼上洗澡了，孩子们已经睡觉了。我坐在厨房里做智力谜题，这时我听到一声很响的碰撞声。我走到前门往楼上看，但什么也没看见。这时我又听到一声碰撞。

终于，我发现比利在后门那里，用爪子撞着门把手。

"快进来。"我打开门，说道。

但它只是跑到了外面的黑夜里。

这时我开始担心了。我开始想象各种可能。是不是比利得了脑部疾病发疯了，还是它得了狂犬病之类的。

"不，不会是什么严重的问题。它可能得去看看兽医。"克里斯走进厨房时说，试着安抚我，"以防它万一在树林里面或附近染上了什么不好的东西。"

我没有机会回话。突然之间，我们听到了一声闷击，就像是又有什么东西在撞门。

我走到后门廊，又开了一次门。这一次比利进了屋。

"你到底是怎么了？你饿了吗？"我问。

我往盘子里放了些肉，但它不吃。它仍在怪异地到处跳着，撞到各种东西上，试着引起我的注意。它究竟为什么突然盯上我了？我不得其解。

之后的一天，也就是周三，我开始感到很不舒服。我给阿伯丁医院打了电话，他们建议我过去，就当是保险措施。他们知道我生小弗和皮帕时的问题，也知道我圣诞节前晕倒的事，所以他们不想冒任何风险。

幸运的是当时孩子们都已经上床了，于是一位邻居答应进来帮我看着家里。

省略掉血淋淋的细节，事实是，我很快便知道我流产了。我们晚上八点出发去医院，而到了九点半，在我到医院大概十分钟后，医生就告诉我我的孩子掉了。

我伤心欲绝，震惊至极，无法相信这是真的。

最糟糕的是，为流产女士准备的病房由于人手短缺关闭了，所以我只好进入普通产后母亲的护理区。虽然他们给了我一间只有我自己的房间，但这并没有减轻我的痛苦。我不属于那里，我不想待在刚生完小孩的女人旁边。我肚里的孩子掉了，我想回家见小弗和皮帕。

他们把我留下观察至半夜三点，以确保我的出血情况减轻了。他们想让我留院到第二天早上，做一次扫描，但到这时我已经受够了。我只想回家。

克里斯很担心我的身体，但他看出我留在医院造成的伤害比带来的好处还多。

于是我们和住院医师解释了情况，他们能理解我们住在很远的社区，家里的孩子需要我。如果像天气预报说的那样，还有大雪天气，那我就可能困在那里四五天。因此他们同意放我回家。

克里斯在凌晨载我回了家。我们谁也没说太多话。车静静地沿着荒凉的道路行驶着。

🐾

我到家就上了床。睡眠来得很快，我筋疲力尽了。第二天早上克里斯给老板打了个电话，告诉他发生的事情，然后留在了家里。我听着他讲述着前一晚的事，只感觉麻木。我哭不出来。

第一天我有种无比强烈的罪恶感，觉得这一定是我的错。各种不同的想法在我脑中穿梭。可能我不该那样经常地把皮帕抱上车，可能我应该进行更多或者更少的锻炼，可能我应该减肥……我一整天都在折磨自己。

之后的一天，我收到一些花。我本应该表达感谢，然而它们却成了我情绪泄洪闸门的开关。

我愤怒至极。给我花怎么可能会使情况变好？我失去了我的孩子，我流产了。我真恨那个词，那么铁石心肠。

现在回想起来，我明白我当时经历着以前从未有过的悲伤。而这悲伤之中还夹杂着其他情绪：气愤、自责以及所有几年前曾出现的其他负面情绪。就在我躺着时，突然间，它们又来敲响我的门。

我在床上躺了一两天，具体多久记不清了。我慢慢意识到我不能继续这样下去了，我还有两个孩子要照顾。

我在孩子们面前没有哭，维持着正常生活。我想起了所有那些陈词滥调："时间是最好的良药。""过去的总会过去的。""一切发生的事都是有原因的。"然而，这些话对我并没有帮助，也不适用于我的感觉。

那些日子很艰难，但我们终于应付过来了。我有时情况比较好，有时不然，易怒和疲惫会时常奔袭而来。

最终，过了一些时间后，我能开始正视发生的事了。但那一小块悲伤会一直在我心里。我只有三十多岁，然而现实地说，我再生一个孩子的机会很少了。这很难接受，却是实情。

🐾

说来奇怪，我是在流产的几星期后才突然意识到当时比利到底怎么了。

这有点像是动画片中的情节，就像我脑中的一个灯泡亮了起来。"等一下，所有它那些奇怪的行为都完全停止了。"有一天，当我坐在客厅里看比利和小弗一起打滚时，自言自语道。

突然之间，我把线索联系了起来：比利当时一定是感觉到了什么。没有别的解释。它为什么在我流产之前的三天里疯狂地跳来跳去？它和我们已经住了一年半，从没对我展示出太多兴趣，为什么这一点会突然改变呢？

这一次，我真的在挑战可能性的极限。虽然有证据表明猫可以感知到人的疾病，但这已经是不真实的超能力了。我听说过有人有第六感，然而这远远不止如此，这已经是第十六感了。我的情感仍然很脆弱，不想让别人以为我疯了，于是我没和任何人说起这件事，甚至克里斯也没有。

好消息是，皮帕和小弗让我忙得没空多想。春天来了又走了，要做的事有很多，而且有很多决定要做。最大的决定是小弗上学的计划。他在2013年5月过了五岁生日，因此我们得在8月为小弗上小学提交正式的申请。这种决定让很多大城市里的父母痛苦不堪：我的孩子能进最好的学校吗？会不会我的孩子哪个学校也进不了？

幸运的是我们不用面对这种担心。这里的学校绝无可能报名人数过多，事实上正相反，高地当地的学校面对的可能是班级人数过少而关闭。由于小弗取得的进步，他已经不再需要去"特殊学校"了，根据苏格兰的法律，当地的学校有义务接收他入学。因此对我们而言，要做的选择归结到很简单的选项上：巴拉特学校或者卡拉西。

我和克里斯已经决定好了。事实上，如果完全由我们说了算，他现在已经在卡拉西接受全日制教育了。然而，并非每个人都同意。

在准备入学申请的时候，我和小弗新的教育心理医生做了一个评估。评估是在巴拉特学校和他的幼儿园老师一起进行的。医生说他对小弗的进步感到满意，而且在各方面中，特别提到了他的社交技能有所长进。

随着见面的持续，他们两个显然都有强烈的感觉，认为小弗应该留在那里，并在8月进巴拉特学校。他们的论点是那里更适合他，因为较大的班级设置可以为他提供更多的刺激，锻炼他的社交技能。他们各自表述了观点，但我感到他们是在施加压力让我这样做。

我不是一个会被别人迫使着做决定的人，尤其是我不同意的时候，所以我坚持自己的立场。事实上，我怒火中烧，对他们发了火。我不记得我的原话了，大概的意思是："我是小弗的母亲，我知道怎么对他最好。他8月份去卡拉西。不用再说了。"

这次见面让我很不平静。当我给克里斯讲发生的事时，他看起来有些怯懦，他知道我的脾气有多大。

那天晚上我一直在脑海中重复这次见面，想着自己是不是太强势太固执了。我神经质的那一面又开始担心我会不会在某程度上为我，因此也为小弗，带来了不好的名声？我是不是反应过激了？他们会觉得我是个蛮横的家长吗？我是不是仍处在流产后的脆弱当中？我的罪恶感开始滋生，但我没有让它生根，我承受不了那样的后果。

从2009年8月以来，我和小弗已经取得了很多成就。当时，我被告知他的需求太特别，无法进入正常的学校。然而现在，由于我和克里斯付出的努力，以及一些非常出色的人的帮助，小弗现在能够做到的事比当时我们预想的要多太多了。我得做出正确的选择，而正确的选择就是卡拉西。

是时候往前看了。我要把这一年早些时间的悲伤忘掉，我得开始为小弗8月中旬开始的正式教育做好准备。我们把给卡拉西学校的申请投进了信箱。

第18章　走开

一个明亮晴朗的 7 月下午，我在花园里晾洗好的衣服，听到小弗开心地聊着天。

我不确定他在说什么，但听到了一些词，是他最爱的床边故事《我的大个子朋友》里面的，这是一个关于猩猩的故事。

我探头四处看，看见小弗和比利坐在从房子那边延伸过来的石板路上。

小弗把门廊处的门垫拽了出来，坐在上面，把书摊开在腿上。比利躺在那里，沐浴在阳光里，摇着尾巴。

小弗嘴里说个不停，偶尔看看比利或者轻轻地责备它。

"停下来，别再摇尾巴了。"他会说，然后接着念故事。

过一会儿，他合上了书，拿起了垫子，开始朝房子的方向往回走。

"讲完了，你喜欢这个故事吗，比利?"他说。

我忍不住笑了。

小弗还没有正式学习过阅读，但他绝对很喜欢书。我觉得，这可能又是因为它们符合他对秩序的追求。书一般都有着明确的开端、发展和结尾。

他对故事的喜爱主要归功于克里斯，因为他从小弗两三岁起就每天晚上给他读睡前故事。小弗非常爱听父亲讲故事，即使每晚讲同样的故事也没关系。事实上，他更喜欢那样。克里斯经常把同样的故事重复讲上两个星期。小弗从来不会觉得无聊。

自然，他对喜欢什么样的书是很挑剔的。他不太喜欢字多的故事，格外喜欢押韵的句子。他喜欢尼克·沙拉特这样的作者，喜欢的书是《奈利，别把手放进布丁里》《公园里的鲨鱼》《麦片上要放番茄酱吗?》之类，他特别喜欢的一本是《贪心鹅的巧克力慕斯》。这本书让他每次听到都放声大笑。他喜欢里面押韵的句子，像是"小马想要吃面啦"或者"饿肚子海豹想吃饱"。他像鹦鹉一样学会了他最喜欢的书里的句子。然后他就会给任何一个愿意听的人背诵这些句子。

过去两年只有一个改变：比利会常常躺在他们身边，就像也在听故事一样。这真的很了不起。如果克里斯在读故事，比利从不会起身走开。

但是小弗是最近才开始给比利读故事的。这时机再好不过了，因为再过几周，小弗就要开始在全日制学校正式学习阅读。

当然，这种事我该和教育心理医生分享。孩子通过记住单词的样子能够学到很多，这已得到广泛证明。他们从单词的长度和形状，以及一页书上有多少单词能够推导出颇多信息。这是件很正面的事。但又一次，我决定不告诉医生。他们会认为我精神不正常，幻想自己的孩子通过给猫背故事在学习阅读。但这并不太让我烦恼，我知道这对他有作用，这才是重要的。

对我而言，这是又一个小小的正面预示，预示着小弗准备好前进一大步了，预示着他可能，不管可能性多大，到了"大学校"后可以茁壮成长。

那一天的到来距离现在只有几周了。

我们试着保持低调，不对此小题大做。我在 6 月底给他订购了正式的卡拉西校服。其实就是一件上衣、一件运动衫和一件毛衣，上面都印着学校的校徽。衣服送到后我让小弗试穿时，他觉得非常开心。他看起来像个聪明的大孩子了。

当然，关于小弗的事一贯都会有问题。现在的问题是他穿什么裤子搭配校服。他试了一条，告诉我穿着太痒了，双腿感觉像"着火了"一样。于是我只好另找一条。

我不想给他选风格跟校服大相径庭的裤子，虽然卡拉西的着装规定并不特别严格，但是他已经和别人够不同了。

我的长期计划是慢慢让小弗适应正常的校服裤子，但同时，我去埃塞克斯看我母亲时进行了一场特别的购物远征。我们花了一整天在湖畔购物中心里面晃悠。我们几乎走进了那里的每一家店，直到我们最终找到了合适的：柔软的工装风格的裤子，衬里是柔软的全棉料子。

作为我们低调策略的一部分，我和克里斯没有在暑假期间谈论太多上学的事。然而学校在离家开车很近的地方，而且在去巴拉特或更远地方的那条主路上就看得见，因此不可避免地，这件事一直没有离开过小弗的脑海。

如预期般，他的兴奋和焦虑两种情绪交替发作着。通常，他一天开始就会问："我今天要去上学吗？"或"我在学校要干什么？"他或是站在那里拍打着胳膊，或是手背在身后，脚跟着地摇来摇去。但还有些时候，他会带着非常担心的表情一口气甩出一系列问题。

"我几点上学？"

"早上8点45分，小弗。"

"几点放学？"

"大概下午2点55分。"

"休息时间有多长？铃声会很响吗？"

他可以这样问很久。

鉴于小弗刚上巴拉特学校时我们经历的麻烦，我们最害怕的是他的行为再出现巨大的转变。我们刚刚从去年准备换幼儿园时他的行为中恢复过来，我和克里斯都不想再重蹈覆辙了。

8月到了，入学的日子就在眼前。我在月中就开始为他在学校的第一天做准备。到现在我其实应该要吸取经验了，因为当然了，就在这时，我能想到的最最糟糕的事发生了：小弗和比利吵架了。

原来的私立幼儿园的一大优势就是它在整个夏天都开放。而公立学校则要关闭六个礼拜，这就意味着小弗有一个半月都和我一起在家。几乎整个7月，我都每天二十四小时和小弗在家，这让我累得神志恍惚。于是克里斯的母亲来看我们，提出可以带走小弗一个星期左右，如果我同意的话。她对小弗爱得过分，而且因为工作经验很擅长照顾有特殊需求的人，因此我非常高兴让小弗去北边的海岸边待一段时间。

当然，他以前去过那里几次，但每次只待两天。我不确定他出去一个礼拜会怎么样，而结果如我所料，好坏参半。

小弗喜欢和祖母在一起，喜欢她对他投入的关心，所以头几天他很好。然而一天，她和她的伴侣试着带他出去，这时情况变得复杂了。

克里斯和我很久以前就放弃一日游了，因为每次都有太多的问题。小弗不能上公共厕所，因为风扇很吵。餐厅和咖啡馆也是禁地，因为各种卡布奇诺机、刨冰机和微波炉会发出噪声。永远还有无数其他的问题，会让整个行程变得十分糟糕。

然而，克里斯的母亲决定要试试，计划了到阿维莫尔的一日游，在格兰屏山区很高的地方。

上帝保佑，她把整个路线都规划好了。小弗先去坐蒸汽火车，然后坐索道从一侧上山。他们一天的游玩将以参观驯鹿公园结束。但他们一件事也没做成。当他们到阿维莫尔时，小弗情绪崩溃了，他们只好折回家里。他们回到海岸边时，已经开了四个半小时的车，他们根本没有离开过车，每人只吃了一个三明治。

克里斯的母亲非常失望和生气，但我也没什么说的。我们带领小弗取得了很大进步，但他的生活中仍有一些方面没发生变化，而且或许永远也不会改变。我们已经被提醒过，他这种行为的一些方面会持续到青春期，而那时什么都可能发生。说实话，这个前景让我充满恐惧。长到一米八的小弗竭尽全力冲我哭喊，这个场景我无法承受。不论何时这一画面进入我的脑海，我都要把它赶出去。

总而言之，当小弗从祖母那里回来时，他非常暴躁、情绪化，在很多事上闹别扭。

"我不想做。"如果他不愿意做什么事时，他开始这样对我说。

当然，他过去也抗议过一些事情，但他突然多了一份粗鲁。他就像是找到了一种新的更像大人的方式来发泄愤怒。他对皮帕也很不友好。

我们只把这当作一个暂时的小事件，把这看作那种奇怪的、往往无法解释的——我们希望也是短暂的——小弗会不时经历的阶段。然而状况在逐步升级，结果非常糟糕。突然间，比利成了他怒气的焦点。

我第一次发现是一个下午，小弗在看电视，但比利没有躺在他旁边的地毯上。

"比利在哪儿，小弗?"我问他。

"小弗已经不喜欢比利了。"他认真地说。

我震惊了。

"你为什么不喜欢比利了，小弗?"我说。

"就是不喜欢它。"他不快地说。

我的第一反应是怀疑这是否因为他们分开了一个礼拜。但这不太合理。他们以前也分开过，通常在重聚后更为亲密，一日不见如隔三秋的感觉。

更可能的原因是小弗和它生气了。夏天的时候，比利开始跳过围栏和我们隔壁的两个孩子玩，她们是一对女孩，一个一岁半，一个五岁。

我注意到它从那边回来后有时会对小弗冷淡疏远，但我没太当回事。

然而，小弗第一次爆发的一两天后，我发现这件事已经很严重了。小弗正在我们给他盖的游戏屋里，这时一个球从隔壁越过围栏飞了过来。

"可以把我们的球给我们吗？"女孩里年长的那个在围栏较矮的地方出现，问道。

小弗压根儿没理她，我认为这也是一个非常粗鲁的行为。

"当然，"我说，"来，给你。"

当我把球扔过围栏时，比利和球一起跳过了围栏。

"比利，你好，你是来玩的吗？"比较小的女孩问。

小弗脸上闪过的表情说明了问题。那就像是有人告诉他牙仙是假的，或者世界上的洗衣机都没了。

他知道我明白发生了什么，于是转过来看着我。

"我不管，它去隔壁住也行。"他颇为任性地说，然后又缩进游戏屋里，使出最大力气关上了身后的塑料门。

这种模式持续了四五天，这期间他的情绪一直很让人不愉快。

这让我完全陷入了恐慌。这事发生的时间真是再坏不过了，小弗还有不到一个礼拜就要上全日制学校了。我们的首要任务是保证家里尽可能地平静、正常、开心，而比利对此至关重要。事实上，对于之后的几天、几周内必然会出现的波动，它是解决问题的关键。

如果小弗和比利不再是朋友了，这对我们几乎是确定的麻烦。这已经让小弗很不稳定了，而等他去了学校，情况只会更坏，那时每件小事都会被放大一百倍。

我太沮丧了。再一次，我感觉自己像个疯子，为我儿子和他的猫之间的关系担心过多。但我本能地知道这是个坏消息，并被吓坏了，我一筹莫展。你怎么让一只猫和一个有自闭症的小男孩亲亲彼此然后和好呢？到现在为止我已经读过很多书，但我相当确定没有哪一章给出过这个难题的答案。

一天晚上，事情到了极限。小弗正在看电视，这时比利从外面溜进来，趴在了地毯上。这是从比利到来后他们几乎每天晚上都会进行的惯例：电视时间就是小弗和比利的时间。然而今天不是。

我正好在那里，边喝茶边读着报纸，晚饭正在烤箱里烤着。

"走开。"小弗说，转过身用双手做出轰赶的动作。

比利没有动，于是他抬高了声音。

"比利，走开。"他说，这一次声音大得多。

比利仍然没有反应。于是小弗往后移了一下，把脸伸到离比利一米远的地方，然后用最大的声音吼道：

"走开!"

比利跳了起来，换谁都会这样。它镇定了一下，径直走向了猫洞。

"小弗，"我说，为他残酷的言辞感到震惊，"比利对你做了什么吗?"

他只是非常生气地看着我，然后用手捂住耳朵，躺在地上。

那天更晚的时候我把这件事转述给克里斯，他和我一样生气。

"我要跟他好好谈一次话。"他说。

"我觉得你该去，"我说，"你知道他听你的话。"

克里斯是那种安静而威严的父亲，不怎么大声说话。但他说一不二，小弗知道这一点。

于是那天晚上洗澡后，在他给小弗读故事前，克里斯让他在卧室里坐好，跟他说明了道理。谈话结束了，我看到小弗红着眼睛。

"爸爸对我很凶。"他说。

"不，不是的，小弗，爸爸是想帮你。"我说，展示出了家长在这种时候应该有的坚定。

几分钟后，克里斯下来了。

"你说了什么?"我问。

"我告诉他比利是只特别的猫，而且很爱他。但如果他继续忽视它，对它不友好，那比利会生气，会不和他做朋友的。"他说。

"嗯，他听了什么反应?"

"他没多说。于是我告诉他如果比利对他做同样的事，他也不会高兴的。这时他开始哭了。"

"好吧，我觉得你想说的都说清楚了。现在要看他了。我们没法强迫他和比利做朋友。"我说。

"不过这时机不能更坏了，不是吗?"克里斯说，"他开始上学后肯定会有问题。我猜我们可能又得回到一喊就是两个小时的生活中了。"

我俩坐着，看着各自的晚餐，想着今后事情的走向会如何。我们没等太久就发现了。

第二天早上，小弗似乎很急着见比利。

"比利在哪?"他吃早餐时反复地问。

克里斯对我抬起一条眉毛，这不言而喻。我也在想同样的事。他想亲亲然后和好。不巧的是，我感觉他错过了他的机会。

我很早时就听到了猫洞的响声，在我们所有的人起床之前。不管屋子里还是外面的花园里都没有比利的影子，这很反常，因为比利很久没有在小弗吃早饭时消失过了。

"我不知道，小弗，"我安抚他，"它可能去外面玩了。"

"嗯……"他看起来很沮丧。

克里斯冲我眨了眨眼，点了点头。他的意思显然传达给小弗了。

"到了下午喝茶的时候他们就又会是最好的伙伴了。"他小声说，亲了下我的脸颊，就去上班了。

小弗那天早上得去卡拉西的儿童小组，直到午饭时才回来。比利仍然不见踪影，这让他心情很坏。

克里斯回到家来吃午饭。

"还没看到比利?"他问。

"没有。"

"天啊，你觉得它不会真的跑了吧，露易丝?"他说，"我想我是说了如果小弗继续忽视比利它会走的，但我没认为这会真的发生。"

这是个奇怪的角色转换。通常，我是那个先打开紧张开关的人，而不是克里斯。我想他是觉得愧疚，因为他前一晚教育了小弗一番。

"不会，别犯傻，它曾经消失得比这久得多。它可能在对松树林里哪个可怜的小动物出气呢。"

"希望是吧。"他说。

下午挺晚的时候，我在厨房里烧水，这时我听到小弗抬高的声音从多功能间那边传来。

"妈咪，妈咪，比利不太好。"

一方面，我知道它回来了松了一大口气；另一方面，小弗的声音听上去不太对劲。

"你怎么知道它不好，小弗？"我从厨房里问道。

"它身上很脏。"小弗说。

"你说很脏是什么意思？"我说，停下了手里的事，前去查看。

到了多功能间后，我被眼前的景象震惊了。

比利看起来像是掉到了矿井里一样，它身上盖了一层煤灰或是泥土。不止这样，它显得痛苦而虚弱。它站得都不稳了。

我知道它情况很糟，于是立刻给兽医打了电话。因为女王几周后就要来庄园，克里斯工作很忙，最好不要打扰，所以如果有必要，我就得带上孩子们一起送比利去看兽医。

又一次，一百万个念头从我脑中飞奔而过。*如果比利病得很重怎么办？如果——千万不要——它死掉怎么办？小弗会有什么反应？*幸运的是，我给兽医打电话时他比我冷静得多。他迅速把我拉回现实，告诉我他需要我检查几件事。

"这会帮助我决定它需不需要进行急诊。"他说。

首先他让我摸摸看比利的四肢上有没有伤口、流血或任何损伤的迹象。我轻轻地碰了它的每条腿，它没有反应，这很让人高兴。然而，当我碰它的头时，情况不一样了。它发出一声很大的尖叫。我能看到那里有一个伤口。

"那里需要清理，但听起来并不紧急。"我向兽医描述时，他说，"好的，现在，我需要你检查它的眼睛、耳朵和喉咙。"

我查看后，没有发现任何问题。

"它的呼吸如何？它有没有一点咳嗽、沙哑或喘粗气？"他问。

"没有。"我说。

"在我听起来它像是掉进煤坑里面，或是在柴火棚里被掉下来的木头压住了。"兽医说。

"所以它能挺过来。"我说。

"是的，它能挺过来，布斯太太。但我建议你尽快带它来检查一下。当然，除非他变得更糟，那样的话你需要立刻就带它过来。"

我放下电话，松了巨大的一口气。然后我拿起一块无酒精的抹布，打开了多功能间水池上面的水龙头，好给比利洗澡。

我打电话时小弗一直站在我身边。我不知道是电话的原因，还是只是因为他看到比利处在这样脆弱的状态中，总之这让他开始泪流成河。他几乎哭得失去理智了。他以前见过比利身体不好，但这次他真的很伤心。

"别哭，小弗，去和比利说哈啰。"我抱着他说。

比利蹒跚着走到了多功能间靠近洗衣机的一个角落。小弗小心地走向了它。

"没关系的，比利，你会没事的。"他说，蹲下来，身子靠在比利旁边的地板上。

我能看出他真的很担心。

小弗在那坐了一会，抚摩着他的朋友，把脑袋靠在它身上，似乎想要进行眼神的交流。

"小弗爱比利。"在他们蹭着彼此的脑袋时，他小声说，"小弗爱比利。"

我好好给比利洗了个澡，仔细清理了伤口，然后把比利抱到厨房，我们在那儿能在晚上更好地留意它。

小弗一直待在那，甚至错过了晚上的《猫和老鼠》。他直到睡觉时间才离开比利身边，还坚持要比利睡在他的房间里。克里斯小心地把比利抱上楼，放在地板上，以免小弗晚上不小心踢到它。

比利在接下来的几天逐渐康复，它和小弗从清晨到黄昏对彼此黏着不放。某种程度上，这让去"大学校"之前的倒计时变轻松了。小弗没时间去担心铃声或是校服或是谁会坐在他身边了，他唯一关心的是比利。

有一阵子，我和克里斯试着找出之前的裂痕是怎么造成的。可能是小弗单纯因为比利去隔壁玩吃醋了？可能他对即将到来的改变感到焦虑，把气撒到了最好的朋友身上？不管真相如何，他毫无疑问学到了宝贵的一课。他自此后再没有和比利吵过架。

第19章　大学校

　　小弗要开始全天上学的前一天晚上，家里忙成一窝蜂。我在多功能间里，把他第二天早上要穿的校服熨好挂起来，并准备好他的运动用品。克里斯在外面摆弄着汽车，发出奇怪的噪音。我们不能冒险，要确保它在明早开去学校的路上不出问题。

　　这时，我父母在逗小弗和皮帕开心。他们是几天前到这边来的。

　　他们知道小弗在"大学校"的第一天对我们有多重要，也想要当场和我们分享。

　　到现在为止，我们保持低调的努力如预期一样成功。

　　这天吃晚饭时，小弗十分兴奋。

　　"小弗明天要去大学校了，外公。"他说。

"我知道。我想知道你在那儿要做什么？"他说。

"阅读。"他说。

"还有算术。"

我们很高兴，因为这两样他学起来都很自在。他对书和数字有很深的爱，每个最近几个月见过他的人都提到过他有多聪明。我们主要担心的是学校里社交的部分。

他认识一两个比他大的在卡拉西上学的孩子，但他只见过他们没几次，而且并没有一见如故。然而，好消息是，他认识另外两个同样从儿童小组"升学"到全日制小学的。

他没说过那两个人有什么不好，这在他的世界里已经是很大的夸奖了。

由于这些原因，小弗很高兴地上床了，虽然因为我父母要睡他的房间，他只好和皮帕睡在一间屋子里。

🐾

第二天早上，我和克里斯一大清早就起了床，眼前已经是漂亮晴朗的高地夏日了。每个人都很兴奋，除了皮帕，当我进入她的房间叫醒小弗时，她还在熟睡之中。

我父母还在小弗的房间做准备，于是我把他带到我和克里斯的房间，给他穿衣服。他有一点不安，但一切都算顺利，尤其比利出现在我脚边的时候。

我们知道，今天早餐的程序尤其需要分毫无差。克里斯把抹了酵母酱的吐司切成了四个精确的三角形，并在桌上准备好了酸奶和果汁。小弗狼吞虎咽时，他和我喝了一杯茶。随后，我父母也到厨房加入了我们。

我们给小弗找到了一个背起来很安全的轻型背包，大概八点半的时候出门。我们在屋子外面给他照了张相，然后开了两分钟的车，跨过巴尔莫勒尔桥到了卡拉西。另外两个这天开始上学的孩子也和他们的父母在那里。

小弗和我一起走上台阶时，我决定享受每一个我们曾经被告知不可能出现的时刻。这天早晨我发现自己的思绪不时地回到那个命运之日，在阿伯丁，那位会诊医生那么坚决地说小弗永远不可能上正常的学校。她说得那么坚定，那么确信。然而现在我们已经到了这里。

当我向小弗挥手告别后，回到车里看到我父母和皮帕等在那里时，我一点也不想哭。我也没觉得有恨意或是委屈。我甚至没觉得赢了谁。我只觉得快乐而自豪，极为自豪。

🐾

他们那天只上半天的学，因此我去接小弗前我们还有三四个小时的时间。我们没有去巴拉特，而是前往了另一个方向，去了布雷马①，那里有一个很适合皮帕的游乐场。

———————————

① 英国苏格兰东北部格兰扁地区的山村，旅游胜地。

事实证明，我父母在那里玩得一样很开心。我推着皮帕的秋千时，我父母去玩了悬挂索道，他们尖叫着，就像是四岁的孩子而不是七十几岁的人。我想，这表明每个人对那天早上发生的事有多兴奋。

之后我们走进一家咖啡馆。我们坐着，不禁回想起过去。

"我和你父亲有时会以为你永远走不到这一天，露易丝。"我母亲说。

"我知道。"我说。

"他还是小孩儿时的那些行为，让我们以为他最后会进入收容所之类的。"我父亲说。

"我知道。我们也曾经这样以为。"我说。

有一会儿，每个人都沉浸在自己的思绪中。就在这时，我母亲把她的手搭在我手上，微笑着。

"我和你父亲只想让你知道，你和克里斯做得太棒了。"她说，"小弗不会再有更好的父母了。"

这时，我泪水的闸门打开了，所有过去几天、几周、几个月甚至几年压抑的情感都倾泻而出。

我母亲递给我一块手帕，我就像个傻气的女学生那样不停地擦着泪水。

"哦，真抱歉，我想这一幕早晚要发生的。"

我们回到了巴尔莫勒尔，我给皮帕做些午饭，又把一堆衣服放进洗衣机里。到了该去接小弗的时候了。我父亲主动提出在家陪睡觉的皮帕，于是母亲和我开着车去卡拉西学校。这个下午漂亮极了，我们站在外面等候，一只某种猛禽类的鸟沿着河面飞过，然后消失在另一边茂密幽暗的森林里。很难想象我竟然一度认为这里是地狱的一个角落，而不是天堂。那段住在森林里的偏僻小屋的时间，看起来完全像是另一段人生了。

小弗微笑着走了出来，但是无忧无虑的他不知道我们看到他时有多激动。事实上，他根本没太注意到我们。

"今天怎么样？"我问他。

"挺好的。"

"班里谁坐在你旁边？"

"不记得了。"

"你上了什么课？"

"不记得了。"

我和母亲交换了微笑。在她第一次从学校接我回家时，我大概也是这么少言寡语。

我们开车回家只用了几分钟。当我在家门外停车时，我发现接下来一个小时左右和小弗说话的可能性不存在了。比利在门廊里准备好了。

"比利。比利。"

一会之后，他们就躺在了客厅的地板上，消失在他们的小世界里。

"我正在烧水，想喝茶吗？"我父亲从厨房出来，说道。

"谢谢了。"我说。

我们坐下来，听着说话声和水快烧开的壶发出的噪音混在一起。

是小弗在绘声绘色地和比利说着话。我听到了几个片段。

"小弗和扎拉坐在一起……"他说，然后声音就减弱了。

"然后老师讲了个故事……"

这很让人温暖，但同时又有一点烦人，因为我非常想知道他在学校经历了什么却又听不清。

我父亲把壶关了。随着水壶声音的减弱，小弗的声音显现出来，我们三个人蹑手蹑脚地走到客厅边上，把头伸出门外。

我们偷听的业余尝试很快被发现了。小弗发现了不受欢迎的侵入者，他又往比利身边挪了挪，并朝我们皱了个不赞同的眉头。

"嘘，小弗在和比利说话呢。"

我们都笑了，然后急忙逃回了厨房。

🐾

小弗非常好地融入了学校。当"适应"期结束，他开始每天从上午8点45到下午2点55上全天课后，也很从容。

我们担心过，当他被分配一些具体的任务时他可能会出现问题，但老师们对此没有过抱怨。事实上，他们告诉我小弗在茁壮成长。

他入学大概一个月后的第一个正式报告成绩斐然。

"他反应很快，学会阅读的速度也很快，"他的一个老师说，"说实话有他在班上很开心。"

真正让我们震惊的是他社交方面的进步。他几乎立刻就交到了朋友，和其他的孩子一起玩，有些是他在学步儿童小组就认识了的。或许因为他在家里有一个妹妹，一开始他更喜欢和女孩子在一起，而且很喜欢同菲比和伊莎贝尔姐妹俩玩。他甚至会去她们的家里，虽然我怀疑吸引他的一大原因是那里有一台他非常喜欢的很炫的洗衣机。这个习惯爱好可能不会很快消失。

然而，他社交方面最具意义的瞬间来自他入学后大概十个礼拜，11月初的时候。

他慢慢地和学校的男孩子们也交上了朋友，男孩只有五个，所以认识他们并不难。他们这帮人年级不同，小弗是最小的，最大的有十岁。

当他们之中的一个在一天放学后邀请他去参加生日派对时，小弗表示愿意去，这让我和克里斯很高兴。他以前从没去别人家参加过派对，他总是对此过于担心。不止如此，他还说他想穿得像样些去。

当这天到了，他从学校回家后表现出我从未见过的兴奋。他甚至急得没时间和比利说话了。

"我现在没时间说话，我得换好衣服参加派对。"他说，然后快速跑上楼，当我提出帮他穿衣服时，他用明确的语言告诉我他并不需要我。

"我自己可以穿好。"他说。

我开车送他去了那男孩的家，准备着在那待上一个半小时，悄悄看着小弗。然而当我们到了大门口，他再次声明他"不需要我"，可以自己进去。我只得回家待了一个小时。

"看起来咱俩多余啦。"我对比利说，它正在卫生间打盹。

派对结束后，我去接小弗，他满脸笑容。他显然玩得非常开心。我说不出话来，欣喜若狂。

当我告诉克里斯发生的事时，他简直不敢相信。

我们立刻为小弗明年3月的六岁生日做起打算。给他的一帮"哥们儿"举行一次真正的派对，这在一两年前是想都不敢想的。

几周后，他又做了一件了不起的事。11月中旬的一天早上，我在帮他准备好去上学时，门被敲响了。我打开门，发现学校的校车司机把车停在门外。

"早安，我是来接小弗的。"他微笑着说。

这使我大吃一惊。我的计划是让小弗新年开始坐校车上学，但不知怎么学校理事会产生了误解。

"哦，我不知道他今天会不会跟你走，"我说，"请稍等一下。"

我们开始让小弗准备做这件事了，但这仍然比我们计划的早得多。

"小弗，你今天想坐校车吗?"我问，期待着他至少会有些不情愿。

他往外走了一步。他看到他的一个朋友在车上，这让他很高兴，但很重要的是，比利也已经在那里等着他了。校车一到时它就做出了反应，蹿下楼梯，跑到了门前的小路上。它现在等在敞开的门口，似乎在鼓励小弗。

小弗已经穿好了衣服，背好了书包。

"好的。"小弗说着朝校车走去。

在他走上校车的台阶时，比利跳到了围栏上。

"那是我的猫，比利。"小弗对司机说。

这太棒了。如果是一年前，这样的情景一定会带来一场崩溃。而现在，他能从容面对这样的变化。

我们还看到各种其他的进步。比如小弗的语言和自信。有趣的是，他开始用"我"这个词，而不再用第三人称称呼自己。这是很大的一步，因为这意味着他的自我意识更强了。他甚至在听到一个学校里的朋友去过中心公园①后，说要和我们一起度假。

"我们能去那吗，妈咪？"他一天问。

"当然了，小弗，为什么不呢？"我说。

我知道等到明年的夏天，我们设置的很多目标可能会发生改变。我们永远会面对这种情况，这是小弗自闭症生活中的一个现实。但是，有那么一两次，我还是忍不住兴奋地想象着我们作为一家人进行第一次正式度假的场景。

🐾

去卡拉西上学的每一天都非常让人开心，不仅因为事实证明那里对小弗是如此一个有利成长的绝佳环境，还因为这让我和熟悉我们的人建立起了联系。当我刚来到苏格兰时，我感觉完全像个局外人，然而现在，五年以后，我感觉这里确实是我的家了。

一天下午接小弗时我看到了另一个学生的母亲。她的孩子和小弗年龄相仿，他们这几年来在同一个学步儿童小组，因此她对小弗和他的问题都很了解。她白天正常工作，所以在学校很少能看到她。

"嗨，好久不见。他适应得怎么样？"她问。

---

① Center Parcs，英国度假村。

"事实上，好极了。他很享受上学。"

"天哪，他进步得可真多，不是吗？"她说，看着他在我前面跳下台阶，往车的方向走去。这是个晴朗的下午，我们停下来聊了一会儿。小弗自己开门上了车，感到很开心。

这位女士在公共医疗服务部门工作，对我的经历知道得相当多，也知道跟这一经历有关的其他一些人。我几乎针对每个人都说了些超出实情的夸奖之辞。

"你这一趟路走得不容易啊。"她笑着说。

"还有很长一段路要走呢。"我说，"我们学到的最重要的事，就是不要往前看得太远，一天一天地来。"

她笑了。

"哦，还有那只小猫怎么样了？之前我在报纸上看到了那篇感人的报道。"

"哦，是的，比利，它一直是小弗的好朋友。"我轻描淡写地说。

"从我在报纸里读到的来看，它远远不止如此。"

当然，她是对的。

当我三四年前第一次见到这位女士，我正处在我规律性的绝望期里。小弗当时在小组里有时会躺在地板上，用胳膊拍打大腿，或者更经常地，不停地转着手头任何汽车或玩具的轮子。有的时候他会在角落里待着，什么也不做，谁也不理。而他和我互动的方式就是喊叫到脸变成紫色。然而现在他已经成为一个快乐、友好、讨人喜欢的小男孩，上完正常学校的一天后跳着回家。

确实，很多人在这混乱的五年里都起了作用。确实，一些很明智的人帮助我们在这条崎岖的路上前进着。但比利的角色是至关重要的，它的作用是不可估量的。它不只是个好朋友，像小弗一开始就预测到的，它是小弗最好的朋友。

从那第一个晚上起，他们的友谊就有着某种有魔力的、几乎超自然的特质。比利能够进入小弗自己的私人宇宙中，而我们其他人都不能踏进这一领域。这使得那个宇宙不再是小弗孤独自处的空间，不仅如此，这还让他鼓起勇气踏出了自己的宇宙，越来越多地进入了我们的世界。

比利达成的事情并不能算奇迹：在小弗焦虑时帮他冷静，鼓励他走路、上厕所、阅读。这些都是一小步，但累积起来，它们就达成了奇迹。在我看来，它就是解救了我儿子的那只救援猫。没有它，我们肯定无法走到今天的地步。

真正使这一切变得特殊的，是我知道小弗也这样觉得。他总是这样说，当然，是以他自己那种特别的方式。

就在学校外面那次谈话之前的一两天，我收拾着小弗的房间好让他搬回来，因为我父母已经回埃塞克斯了。

我趁这段安静无事的时间查看着这些年来我积累的各种文件。

文件太多了。我有很多厚厚的文件夹，里面都是各种医生、治疗师、学校和教育机构的信件。关于小弗的这些纸可能要花费一个小森林才能制造出来。

在正式的信件之中，我偶然发现了他的第一个幼儿园写的日志。我忍不住坐在小弗的床边翻起这些纸张，其中很多记录唤起了苦乐参半的回忆。里面有的评价让我微笑，有的让我泛泪。尤其是去年3月的一条记录，让我的眼泪流了下来。

每天快要放学的时候，幼儿园喜欢让所有的同学在地上坐成一个圈，好让他们一起读故事、听故事或聊天。一开始小弗拒绝参加，更想要自己玩，但慢慢地，这一情况改变了。他的日志里开始不时出现对他参加"圆圈时间"（他们是这么叫的）的记录。

有一天，他们在学校为周末即将到来的母亲节做礼物。在老师们的帮助下，小弗做了一张可爱的小卡片，上面画着我。在"圆圈时间"，孩子们围成一个环形，盘着腿坐在地上，说明着自己的妈妈为什么很特别。

我想象着孩子可爱地滔滔不绝地讲着他们有多爱妈妈拥抱他们，或给他们做的菜，或在晚上给他们盖好被子，或生病的时候照顾他们。然而，到了小弗的时候，他的发言格外简短而动人。

"我妈妈把比利带给了我。"他告诉伙伴们。

这句话就说明一切了，真的。我把比利带给了他。我真高兴我这样做了。

致 谢

我要感谢很多人，不只为了这本书，更为了他们帮助我度过过去这几年艰难的时光。首先最重要的，是克里斯。有时回想起来，我真的难以相信我们一起经历了多少。但我不会去改变其中任何一件事。你就是我的世界。你一直那么棒。

我的父母，你们用五十年的婚姻给我做了最好的示范，告诉我一对相爱的夫妻如何能战胜一切的意外。妈妈，你对我的教育让我长大后觉得，只要足够努力，任何事都能做到……你是对的！

米拉贝尔和约翰，即使艰难的时刻，你们也支持着小弗。他非常喜欢和你们共度的时光。

我很幸运，有一些真正有想法的人陪着我们，他们所有人都帮助了我们，来抚养这个最特别的小男孩。

巴拉特卫生所的杰恩·麦肯齐、莫伊拉·柯林斯医生和道格拉斯·格拉斯医生。

阿伯丁雷登中心的员工们和亚·斯蒂芬医生。

斯通黑文儿童成长小组的李艾琳医生、简·麦坎斯医生、琳达·科利尔、玛丽·欧格曼、凯耶·卡明、琳赛·凯利和海伦·辛格尔顿。

矫正师琳恩·麦克尤恩。

教育心理医生伊兰·斯蒂尔和斯图尔特·布尔。

衷心感谢巴拉特玫瑰园幼儿园特别的女士们，你们给了小弗非常多的照顾，帮助他融入了班级环境。你们对我们真的都很重要，文字不足以表达我们的谢意：凯丝、艾玛、劳拉、乔安娜和夏洛特。

卡拉西学校的莉莉安·菲尔德、艾莉森·麦克罗利、莱斯·罗伯茨、苏珊·博伊德、邓肯·伍兹和玛姬·斯基恩——谢谢你们为小弗做出的了不起的工作，你们那些无穷的充满创意的设施及对小弗教育需要的理解一直让我惊喜。

我想感谢巴尔莫勒尔庄园的管家理查德·格莱德松对小弗不断变化的需要提供的持续支持和理解，及对我们全家的协助。

写这本书的过程就像是冒险，我从未想过会踏上这次冒险。我要感谢很多帮助我的人。

特别感谢我在阿特肯·亚历山大版权代理公司的经纪人玛丽·帕克诺斯、萨利·莱利和境外版权小组承担我的工作，支持我的书，并希望有一天你们帮助我们使"玛丽"成为现实。（他们会知道我在说什么。）

我十分享受与霍德斯托顿出版社的罗伊娜·韦伯、艾玛·奈特、贝亚·朗和艾米丽·罗伯森见面和工作。也要感谢席亚拉·弗利为编辑手稿做出的杰出工作。

我认为我和加里·詹金斯真的成了好朋友。感谢你能理解出现的戏剧性场面，妥当地处理我们的故事。感谢你理解小弗（和我），对此感同身受。最重要的，感谢你帮我驱走心魔。你太棒了。

最后……

我想感谢猫咪保护协会的丽兹·罗宾逊和所有的人。丽兹从一开始就明白我们要给小弗找个什么样的伴，她知道比利正合适，而我们从一开始就见证了魔法。丽兹，我希望你知道你对小弗的成长和我们家庭的和谐到底有多重要。非常感谢你救出比利，并让它和我们一起回家。

最后，然而绝对重要的，感谢比利·布斯先生。没有你我们会在哪里呢？你是独行侠、是英雄、是救星，最重要的，你是小弗最好的朋友。

WHEN FRASER MET BILLY: HOW THE LOVE OF A CAT TRANS-
FORMED A LITTLE BOY'S LIFE
by LOUISE BOOTH
ⓒ 2014 BY LOUISE BOOTH AND CONNECTED CONTENT LIMITED
This edition arranged with AITKEN ALEXANDER ASSOCIATES
through Big Apple Agency, Inc., Labuan, Malaysia.
本书中文简体字版权，浙江文艺出版社独家所有。
版权合同登记号：图字：11-2015-210 号

图书在版编目（CIP）数据

很高兴遇见你，小猫比利 /（英）露易丝·布斯著；马
博译. —杭州：浙江文艺出版社，2019.4
ISBN 978-7-5339-5505-2

Ⅰ.①很… Ⅱ.①露… ②马… Ⅲ.①纪实文学—英
国—现代 Ⅳ.①I561.55

中国版本图书馆 CIP 数据核字（2018）第 278928 号

很高兴遇见你，小猫比利

作　　者：〔英〕路易斯·布斯
译　　者：马　博
责任编辑：童炜炜
封面设计：吴　瑕
封面绘画：王点点

出版发行：浙江文艺出版社
地　　址：杭州市体育场路 347 号
网　　址：www.zjwycbs.cn
经　　销：浙江省新华书店集团有限公司
制　　版：杭州天一图文制作有限公司
印　　刷：浙江超能印业有限公司
开　　本：880 毫米×1230 毫米　1/32
字　　数：148 千字
印　　张：8.125
版　　次：2019 年 4 月第 1 版
印　　次：2019 年 4 月第 1 次印刷
书　　号：ISBN 978-7-5339-5505-2
定　　价：**36.00 元**